SOCORRO, CAÍ DENTRO DO VIDEOGAME

MISSÃO INVISÍVEL

SOCORRO, CAÍ DENTRO DO VIDEOGAME

MISSÃO INVISÍVEL

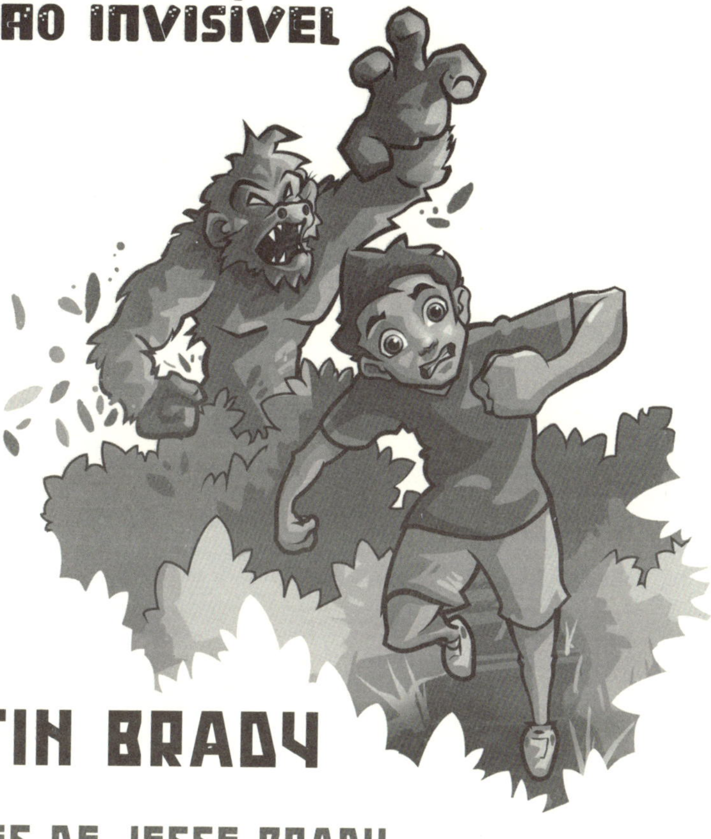

DUSTIN BRADY

ILUSTRAÇÕES DE JESSE BRADY

TRADUÇÃO ADRIANA KRAINSKI

TRAPPED IN A VIDEO GAME: THE INVISIBLE INVASION COPYRIGHT © 2018 DUSTIN BRADY
TRAPPED IN A VIDEO GAME WAS FIRST PUBLISHED IN THE UNITED STATES BY ANDREWS MCMEEL PUBLISHING, A DIVISION OF ANDREWS MCMEEL UNIVERSAL, KANSAS CITY, MISSOURI, U.S.A.
COPYRIGHT TO THE WORKS IS OWNED BY DUSTIN BRADY

ILLUSTRATIONS COPYRIGHT © 2018 BY JESSE BRADY

COPYRIGHT © FARO EDITORIAL, 2021

Todos os direitos reservados.
Nenhuma parte deste livro pode ser reproduzida sob quaisquer meios existentes sem autorização por escrito do editor.

Milkshakespeare é um selo da Faro Editorial.

Diretor editorial: **PEDRO ALMEIDA**
Coordenação editorial: **CARLA SACRATO**
Preparação: **GABRIELA DE ÁVILLA**
Revisão: **BÁRBARA PARENTE**
Adaptação de capa e diagramação: **CRISTIANE | SAAVEDRA EDIÇÕES**

Dados Internacionais de Catalogação na Publicação (CIP)
Angélica Ilacqua CRB-8/7057

Brady, Dustin
    Socorro, caí dentro do videogame: missão invisível / Dustin Brady; traduzido por Adriana Krainski; ilustrado por Jesse Brady. — São Paulo : Faro Editorial, 2021.
    128 p. : il.

    ISBN 978-65-5957-132-1
    Título original: Trapped in a video game

    1. Literatura infantojuvenil I. Título II. Krainski, Adriana III. Brady, Jesse

21-3248   CDD 028.5

Índice para catálogo sistemático:
1. Literatura infantojuvenil

1ª edição brasileira: 2021
Direitos de edição em língua portuguesa, para o Brasil, adquiridos por FARO EDITORIAL

Avenida Andrômeda, 885 – Sala 310
Alphaville – Barueri – SP – Brasil
CEP: 06473-000
WWW.FAROEDITORIAL.COM.BR

SUMÁRIO

1. O fantasma 7
2. Realidade au... guma coisa 12
3. Caminhão de lixo 20
4. Elsa 25
5. Desliza e escorrega 32
6. Te peguei 37
7. Flamezoide de Ponta-cabeça 40
8. Coleira 47
9. Bazuca de gelo 52
10. Vinnie 60
11. Controle de solo 67

12 Cientista maluco..71

13 O experimento..77

14 Pirata!...85

15 O bando 91

16 Caixa-preta..98

17 Fim de jogo 102

18 Dessa vez é de verdade 107

19 Ferver a CPU...112

20 Reação em cadeia..116

SOBRE OS AUTORES 122

EXPLORE MAIS...123

CAPÍTULO 1

O fantasma

O que você fez ontem à noite? Dormiu? Ah, não me diga.
 Quer saber o que eu fiz? Falei com um cara do exército. Não era alguém do exército de verdade tentando me recrutar (eu tenho só doze anos, teria sido uma conversa bem curta). O cara do exército com quem eu falei tem quinze centímetros de altura e é feito de plástico.

 Eu não tenho o hábito de conversar com brinquedos — eu não sou doido — mas eu tinha uma boa desculpa. Ele falou comigo primeiro. Deixa eu explicar direito: eu conheci esse brinquedo quando ele não era bem um brinquedo, mas um sargento de verdade no jogo *Potência Máxima*.

 Duas semanas atrás, eu fui engolido para dentro desse jogo com o meu amigo Eric Conrad. Voamos de mochila a jato, pilotamos a Estátua da Liberdade como se fosse um foguete e quase fomos presos dentro do jogo para sempre por um alienígena que dizia os nossos nomes com a voz mais medonha do mundo. É uma longa história. Você devia ler um dia.

De qualquer maneira, no *Potência Máxima*, encontramos Mark Whitman, outro garoto da nossa turma que tinha sido sugado para o mesmo jogo. E o Mark ficou preso lá dentro para que eu e o Eric pudéssemos escapar. Agora aquele cara do exército estava me falando que eu podia voltar para o jogo para salvar o Mark, mas "tinha que ser agora".

Claro que eu queria voltar. Eu faria qualquer coisa pelo Mark. O sargento me perguntou se eu tinha certeza. Sim, eu tenho certeza. Vamos lá! Fiquei olhando para o cara do exército, esperando que ele, sei lá, batesse o pé no chão ou abrisse um portal no meu guarda-roupa ou qualquer coisa desse tipo. Mas não: ele ficou olhando para mim sem se mexer, como um brinquedo faria. Foi aí que comecei a me sentir um idiota.

— Ei, eu disse que sim. — Cutuquei o sargento. Ele continuou me olhando com aquela cara pálida de brinquedo. — Eu preciso apertar algum botão ou fazer alguma coisa assim? — Levantei o sargento e virei-o de ponta-cabeça na minha mão. Não tinha nenhum botão.

Você agora deve estar pensando que toda essa coisa de falar com brinquedo pode ter sido um sonho. E eu concordaria com você, se não fosse por um detalhe bem importante: eu estava sonhando quando o sargento me acordou. Você já acordou de um sonho e percebeu que estava em outro sonho? Não. Isso nunca aconteceu na vida real, só nos filmes. Então o sargento falante não era um sonho porque isto não é um filme e eu não sou doido.

Passei um bom tempo falando e cutucando o boneco. Aí eu me levantei e procurei por todos os lugares onde ele pudesse ter escondido algum tipo de portal para entrar no jogo: TV, banheiro, guarda-roupa etc. Nada. Voltei pra cama e passei o resto da noite tentando me convencer de que eu não estava louco e, em algum momento, eu acho que caí no sono.

— Jesse, vem tomar café da manhã!

Arregalei os olhos. A luz do sol entrava pela janela. Era manhã de segunda-feira.

— Jesse! — minha mãe gritou lá de baixo outra vez.

— Humpf — respondi.

Arrastei-me para fora da cama e fui batendo os pés escada abaixo. Sentei no meu lugar na mesa e esperei meu pai pegar a caixa de cereal de cima da prateleira.

— Qual cereal você quer, garotão? — ele perguntou.

— Fibras com uvas-passas — minha mãe respondeu enquanto terminava de preparar o almoço para levar para o trabalho.

— Quero experimentar aquele novo de chocolate — eu disse.

Meu pai pegou o de uva-passa.

— Posso experimentar o de chocolate? — repeti, falando um pouco mais alto.

Meu pai colocou a caixa de cereal da mamãe na mesa e pegou o pote dele de dentro do freezer. "Deixe o pote congelando antes. Vai mudar a sua vida", ele repete para quem quiser ouvir. Não é verdade. Por experiência própria, posso dizer que a única coisa que acontece quando você congela o pote de cereal é que o leite fica tão gelado que chega a machucar os dentes.

Suspirei e peguei aquela gororoba orgânica de uva-passa da minha mãe. Eu sabia que a promessa de chocolate para o café da manhã era boa demais para ser verdade.

— Você chamou o Jesse? — papai perguntou enquanto pegava a caixa de cereal antes de mim.

Fiz uma cara feia e acenei bem em frente ao rosto dele.

— Ei, pai, eu tô bem aqui.

Minha mãe suspirou:

— Vou chamar de novo. — Ela foi até a escada. — Jesse! Jesse Daniel Rigsby! Venha já aqui! Você vai se atrasar para a escola!

Ergui minhas mãos.

— Pai. Pai! PAI!

Meu pai terminou de colocar o cereal no pote e se inclinou para pegar o leite como se eu não estivesse ali. Eu me joguei em cima da mesa e segurei o leite antes que ele o alcançasse, queria chamar a atenção. Mas nada aconteceu, então puxei o leite na minha direção. Ou pelo menos tentei fazer isso, porque quando puxei minhas mãos passaram *por dentro* da caixa.

— O QUE ESTÁ ACONTECENDO?

Tentei pegar a caixa de cereal. A mesma coisa: eu conseguia tocar e sentir a caixa, mas quando tentava mexer nela, minha mão a atravessava.

— AHHHHHH! — Corri até o banheiro e me olhei no espelho, desesperado, prevendo a minha cara de pavor, mas tudo que eu vi foi a banheira vazia atrás de mim. Olhei para as minhas mãos: mais reais impossível. Mas quando acenei em frente ao espelho: nada.

Eu era um fantasma.

E isso não era o pior. Enquanto eu tentava pensar no que fazer (o que os fantasmas comem? Eles vão ao banheiro? E à escola? Tem uma escola especial para fantasmas?), ouvi alguma coisa fungando atrás de mim. Olhei no espelho. Nada. Outra fungada.

Fui me virando devagar. Atrás de mim tinha um Pé-Grande azul sentado com toda a paciência do mundo na banheira. Juro. De verdade verdadeira.

CAPÍTULO 2

Realidade ou... guma coisa

Saí do banheiro correndo o mais rápido que minhas perninhas de fantasma conseguiam aguentar. Ao passar pela cozinha, gritei avisando meus pais:

— MONSTRO! MONSTRO NO BANHEIRO! NÃO ENTREM LÁ!

Minha mãe continuou preparando o almoço para levar para o trabalho e meu pai continuou comendo seu cereal quase congelado como se não tivesse UM MONSTRO AZUL GIGANTE NA BANHEIRA!

Se eu não saísse de casa rapidamente, eu ia desmaiar. Corri até a porta da frente, segurei a maçaneta, girei e, é claro, nada aconteceu porque eu estava girando com a minha mão invisível de fantasma. Respirei fundo, curvei meus ombros e me joguei contra a porta. Senti um pouco de resistência e então: *tcharã!* Atravessei uma porta de madeira maciça.

Lá fora estava parecendo uma cena de *filme*: um bando de Tartarugas Ninja roxas gigantes passeava na frente da minha casa; um passarinho fofo de bolinhas enfiou a cabeça para fora da árvore que ficava no gramado e piou. Olhei para baixo e vi um amontoado de pelos do tamanho de uma bola de futebol olhando para o meu cadarço. Quando mexi meu pé, a coisa tropeçou nela mesma tentando fugir.

Comecei a ficar desesperado. Isso não está legal. ISSO NÃO ESTÁ LEGAL.

— Psiu.

Olhei em volta, procurando; o "psiu" parecia vir de um humano, não de um monstro.

— Psiu — a voz sussurrou de novo. — Jesse. Aqui nos arbustos.

Olhei para os arbustos do lado da varanda e percebi que tinha um celular apontando para mim. Olhei desconfiado e abaixei um pouco para ver melhor. Tinha um cara lá. Chutei a bola de pelo que tinha tomado coragem para voltar e lutar com o meu cadarço e cheguei mais perto do arbusto.

Chegando mais perto, vi o cabelo maluco.

— Senhor Gregory?

O senhor Gregory é o pai do Charlie Gregory, um dos garotos da minha sala. Ele trabalha na Bionosoft, a empresa de videogame que criou o *Potência Máxima*. Ele prometeu ajudar a gente a encontrar o Mark, e depois desapareceu, duas semanas atrás. Naquele instante, ele estava encolhido no arbusto de azaleia, o que deixaria minha mãe muito brava se ela visse.

— Oi — ele sussurrou, apontando o celular para mim. — Tudo bem?

— Eu estou invisível — falei baixinho. — Então não, não tá tudo bem!

— Você não precisa sussurrar — ele disse. — Ninguém pode te ouvir.

— Fala sério. — Chutei a bola de pelo para longe de novo. — Espera, você consegue me ouvir, não consegue?

— Essas Feras têm dentes bem afiados e uns amigos bem nervosos — o senhor Gregory disse. — Eu não faria isso com ele.

Parei de chutar.

— Mas vamos lá — ele continuou. — Claro que eu consigo te ouvir. Qualquer um no jogo consegue te ouvir.

— Que jogo?

O senhor Gregory olhou para mim como se eu estivesse louco.

— *Solte as feras*.

— Ceeeeeerto.

Ele continuou com uma cara estranha.

— Você já sabia que estava no *Solte as feras*, não sabia? Achei que o sargento tinha te contado essa parte também.

— Digamos que eu não tenha nem ideia do que seja esse *Solte as feras*.

— Você está falando sério?

— Eu não jogo videogame.

— A maioria das pessoas que gosta de *Solte as feras* não costuma jogar videogame. O público principal é...

— Será que você pode me falar logo o que é isso?

— Ah, certo, bom, é realidade aumentada — ele disse como se realidade au... guma coisa fosse algo que as pessoas dissessem o tempo todo.

— Escuta — eu disse —, eu não tô conseguindo entender por que eu sou um fantasma em um mundo de monstros, se você explicasse de um jeito que um garoto do sexto ano que não sabe nada de fantasmas conseguisse entender seria melhor.

— Primeiro, você não é um fantasma, você não está morto — o senhor Gregory disse.

— Ufa, que alívio.

— Você só está em um jogo. É como o jogo *Pokémon Go*, você conhece?

— Já ouvi falar.

— É um jogo que se passa o tempo todo no mundo real. Mas você só consegue ver se estiver olhando pelo celular. Olha aqui.

Eu me inclinei e olhei o celular dele, que estava apontando para o arbusto de rosas do meu vizinho. Na tela, eu conseguia ver os arbustos como se o celular estivesse com a câmera ligada.

— Não sei o que eu devia estar vendo — eu disse.

Ele tocou a tela algumas vezes até que uma pera gigante apareceu. Aí, ele esfregou o dedo sobre a pera fazendo-a ir na direção do arbusto de rosas. Olhei para cima a tempo de ver a pera voar pelo ar e parar ao lado do arbusto de verdade.

— Uau, como é que você fez isso?

— Essa pera faz parte do jogo, ela não é de verdade. Ninguém consegue ver se não estiver olhando pelo celular.

— Ou se não estiver dentro do jogo — eu disse.

— Isso mesmo.

Então uma cobra magricela com uma cabeça gigante e olhos engraçados saiu de trás dos arbustos e olhou para a pera.

Dei um pulo para trás.

— Uou!

— Repito: ela é invisível para todo mundo que não estiver olhando para o jogo pelo celular — disse o senhor Gregory. — Veja isso.

Ele tocou e arrastou a tela mais algumas vezes. De repente, um lagartinho roxo de pescoço comprido pulou para fora do celular. Em poucos segundos, o pescoço dele ficou ENORME, quase do tamanho da metade da minha casa. Ele trocou olhares com a cobra e ficou nervoso.

— É melhor você dar um passo para trás — disse o senhor Gregory.

Eu dei cinco.

O lagarto soltou um grito agudo. A cobra sibilou. A luz do sol foi enfraquecendo e uma música de luta começou a tocar alto, vinda de algum lugar. Os olhos da cobra começaram a ficar vermelhos. Por três segundos, aquele vermelho foi ficando cada vez mais forte, até que duas bolas de fogo saíram dos olhos dela em direção ao lagarto. Enquanto as bolas de fogo voavam pelo ar, o lagarto, antes roxo, ficou vermelho. Ele absorveu a explosão com o corpinho vermelho e dobrou de tamanho. Aí ele agarrou a cobra pelo rabo, colocou-a na boca e engoliu de uma só vez. Depois disso, o lagarto voltou para dentro do celular do senhor Gregory, as luzes se acenderam de novo e a música parou de tocar.

O senhor Gregory olhou para mim e disse:

— Não deixe isso acontecer com você.

— É BOM MESMO QUE NADA DISSO ACONTEÇA COMIGO! — eu gritei.

— Já que parece que você nunca jogou com essas criaturas antes, você precisa saber que o objetivo do jogo é capturar criaturas — o senhor Gregory disse, me olhando desconfiado. — Para isso, você precisa lutar com as criaturas que encontra soltas por aí usando as criaturas que você já tinha capturado antes.

— Você falou "criaturas" quatro vezes em dois segundos.

— Então quando eu vi aquela criatura chamada Cobramá solta...

— Cinco vezes. Outra coisa, não tenho ideia do que seja isso.

— ... quando eu vi a cobra, eu podia capturá-la com o meu celular, usando uma das minhas criaturas... quer dizer, monstros, para acabar com ela. Eu escolhi a Salamalandra — o largartinho — porque ele arrasa lutando contra as cobras. Se a cobra derrotasse o meu lagarto, o meu monstrinho ficaria de fora do jogo por 24 horas. Como meu lagarto derrotou a cobra, posso ficar com ela e usá-la nas batalhas.

— E como eu estou no jogo...

— Qualquer pessoa que tenha um celular pode lutar contra você e te prender lá para sempre.

— Bom, eu espero mesmo que isso não aconteça comigo.

— Certo, então você precisa ficar longe de qualquer um que esteja jogando esse jogo.

— Como é que eu vou saber se alguém está jogando *Solte as feras*?

— Bom, tipo, são pessoas que ficam andando na rua e olhando para o celular ao mesmo tempo.

Eu fiz uma cara feia para ele.

— Mas todo mundo faz isso.

— Olha, eu sei. É péssimo, mas acho que não vamos cruzar com muitas pessoas pelo nosso caminho nesse lugar aonde estamos indo.

— E onde é?

O senhor Gregory sorriu e se inclinou na minha direção.

— Resgatar o Mark, claro.

No meio de toda aquela empolgação por ter virado um fantasma, eu tinha me esquecido completamente do Mark.

— Poxa, isso é fantástico! Mas como? Ele não está em outro jogo?

— Vou explicar tudo para você — o senhor Gregory disse. — Mas primeiro precisamos avisar os seus pais que você está bem.

— Ah é, boa ideia. Quer ir lá bater na porta e falar com eles? Eles estão na cozinha.

— Você acha mesmo que eles vão se sentir bem se um estranho bater na porta e disser que o filho deles que desapareceu está bem porque está em um videogame?

— Hum, acho que não. É por isso que você está escondido nos arbustos?

— Sim, isso explica um pouco. O seu amigo Eric joga *Solte as feras*, não joga?

— Joga com certeza.

— Atravesse a rua, chame atenção quando ele ligar o jogo e peça para ele ligar para os seus pais. Quero que você me encontre aqui daqui a 10 minutos.

— Entendido.

— Ah, Jesse!

— O quê?

— Não deixe ninguém mais te ver.

BAIXANDO O PRÓXIMO CAPÍTULO...
PODERÁ HAVER COBRANÇA DE DADOS

CAPÍTULO 3

Caminhão de lixo

Faltavam quatro minutos para o ônibus da escola chegar e o Eric ainda estava roncando.

— Ei. — Cutuquei o Eric. Claro, meu dedo passou direto por ele. — Ei! EI! Acorda!

O Eric fazia um som de caminhão de lixo com a garganta.

Ergui os braços indignado. Eu tinha atravessado a rua correndo depois da minha conversa com o senhor Gregory para pedir ajuda ao Eric. Mas, em vez de falar com ele, eu tinha passado os últimos vinte minutos tentando acordá-lo. Tentei gritar, tentei assoprar na cara dele, tentei até jogar aquela bola de pelos fã de cadarços em cima dele. O caminhão de lixo não parava.

Por fim, exatamente sessenta segundos antes do horário do ônibus chegar, o caminhão caiu da cama.

POFT!

Largado no chão, o Eric deu um grunhido e começou a colocar as meias sem abrir os olhos.

— Eric! Até que enfim! Preciso da sua ajuda! — eu gritei.

Ele enfiou o dedo no nariz e coçou a barriga.

— Vai lá, vai lá, vai lá!

Ele catou uma camiseta do chão, deu uma cheirada, fez uma careta e jogou no chão de novo. Tentou uma outra. Essa parecia aceitável. Eu me virei de costas enquanto ele se trocava.

— Liga o celular! Eric, é bom você não entrar naquele ônibus!

Ele não ligou o celular e acabou entrando no ônibus.

Depois de se arrumar para a escola em menos de trinta segundos, o Eric desceu a escada tropeçando, resmungou um tchau para a mãe dele, colocou a mochila nas costas e chegou à esquina na mesma hora em que o ônibus parou.

Olhei nervoso para o ônibus: quatro a cada cinco garotos estava com a cara colada em um celular, quantos deles estavam jogando *Solte as feras*? Olhei para o outro lado da rua: senhor Gregory estava enlouquecendo lá nos arbustos.

Eu podia largar o Eric ali e torcer para que tudo desse certo. Mas, se eu fizesse isso, meus pais ficariam bem preocupados e ligariam para a polícia, e o senhor Gregory ficaria encrencado, e talvez nunca mais víssemos o Mark.

Voltei a olhar para o ônibus. Mesmo se alguém me visse no jogo, provavelmente não notaria que eu estava no jogo, já que eu estou sempre no ônibus, certo? Eles provavelmente pensariam que eu era só um garoto normal indo para a escola, e não um fantasma invisível que podiam capturar com o celular e deixar preso ali para sempre.

O ônibus desacelerou até parar. Olhei uma última vez para o outro lado da rua, onde o senhor Gregory estava balançando os braços feito um louco. O Eric se sentou no lugar de sempre, na frente do ônibus, e eu me sentei no meu lugar de sempre, do lado dele. O ônibus arrancou. Até agora tinha dado tudo certo, ninguém estava apontando nada para mim. Fiquei esperando que o Eric começasse a mexer no celular. Por mais que ele tivesse jurado que nunca mais jogaria videogame depois do que aconteceu com o *Potência Máxima*, eu sabia que ele ainda jogava coisas como o *Solte as feras*.

— Jogo de celular não conta — ele tinha me falado na semana passada.

— Como assim não conta? Claro que conta! É tipo um videogame!

— Não, só é videogame se você jogar em uma TV. O nome já diz: VÍ-DE-O!

Apontei para o vídeo que ele estava assistindo no celular. Ele resmungou e virou para o outro lado.

Enquanto o Eric jogava, secretamente agradeci por ele não ter me escutado na semana passada. Ele passou pela primeira página de aplicativos, depois pela segunda, pela terceira, pela quarta e... quantos aplicativos cabiam ali? Por fim, ele parou no jogo escolhido para aquela manhã.

Miau miau miau miau.

Nada de *Solte as feras*.

Miau miau miau miau.

Parecia um jogo japonês esquisito de gatinhos.

— Eric! — eu gritei, mesmo sabendo que não ia resolver nada.

Miau miau miau.

— Eric!

Miau.

— Eric!

Miau.

— ERIC!

Miau miau miau miau.

— CARACA! — Ouvi alguém falar do meu lado. — OLHA ISSO!

Virei para o lado devagar. Um garoto do terceiro ano, de olhos arregalados, sentado do outro lado do ônibus, estava apontando o celular bem na minha direção e fazendo cara de quem tinha acabado de ver um fantasma. Eu sorri e dei um tchauzinho.

— TEM UM GAROTO AQUI NO JOGO! TEM UM GAROTO AQUI NO JOGO!

Eu concordei com a cabeça e fiz um sinal pedindo para ele ficar quieto, como quem diz "este é o nosso segredinho".

— OLHA! OLHA! — O garoto estava desesperado tentando contar o nosso segredo para o outro garoto que estava sentado com ele. Felizmente, o amigo dele parecia mais interessado em tirar um cochilo antes da escola do que ver o que estava acontecendo. Depois de passar alguns segundos perturbando, o garoto do terceiro ano desistiu e foi falar com o Eric.

— EI! EI!

Miau miau miau miau PLAFT!

O Eric olhou para cima.

— TEM ALGUÉM SENTADO DO SEU LADO!

O Eric olhou com uma cara confusa para o garoto e passou a mão por dentro de mim várias vezes.

— Ahm, não tem, não.

— ELE ESTÁ NO JOGO *SOLTE AS FERAS!*

O Eric balançou a cabeça discordando e voltou a olhar para o celular.

— VOU PEGAR ELE!

Uau, eu me dei mal bem rápido. Enquanto o garoto procurava no celular alguma Fera medonha que pudesse usar para lutar contra mim, cheguei bem perto dele. Ele escolheu um bicho que provavelmente tinha dentes bem afiados e levantou o celular apontando na minha direção até que...

— AH!

Quando ele viu minha cara ocupando a tela inteira, deu um pulo para trás, caindo no amigo soneca. O outro garoto resmungou e chegou mais perto da janela.

— Preciso que você dê o seu celular para ele — falei apontando para o Eric. — JÁ!

O garoto do terceiro ano reclamou e passou o celular para o Eric, acho que ele nunca tinha visto um personagem de videogame mandando ele largar o celular. O meu amigo pegou o celular e olhou com uma cara engraçada.

— O que é isso? — ele perguntou. — Eu não...

De repente, o meu rosto ocupou a tela toda.

— Ei, preciso falar com você agora mesmo.

O Eric olhou pelo celular, depois por cima do celular, depois de volta pelo celular. O queixo dele caiu.

— AHHHHHHHHHHH!

O ônibus todo se virou para olhar para a gente.

CAPÍTULO 4

Elsa

— Para com isso! — eu sussurrei.

— AHHHHHHH! — Eric continuou gritando.

Coloquei minha mão na boca dele, mas não deu muito certo porque, você sabe, minha mão estava invisível. Olhei para cima e todo mundo tinha começado a gravar aquela bagunça. O garoto do terceiro ano, que tinha me encontrado, não parava de gritar, a quem quisesse ouvir, para que abrissem o *Solte as feras*. Em poucos segundos, eu tinha sido descoberto por metade da escola. Sem ter onde me esconder, fiz a única coisa que consegui pensar: fui para baixo do ônibus.

Eu não tinha certeza de como aquilo de ser invisível funcionava, mas entendi que se eu me empurrasse com força contra alguma coisa, conseguia atravessá-la. Então empurrei minha cabeça contra o chão, o que fez o Eric gritar mais alto ainda.

— AHHHHHH!

E eu encontrei um bom lugar para me sentar embaixo do ônibus. Quer dizer, não era um lugar "bom". Era barulhento, enferrujado e meio quente, mas tinha espaço suficiente para eu me encolher quando atravessasse com o resto do meu corpo. A última coisa que fiz antes de desaparecer de vez para baixo do ônibus foi enfiar minha cabeça para cima e tentar explicar a situação para o Eric mais uma vez:

— Olha, está tudo bem, preciso que você ligue para os meus pais e diga...

— AHHHHHH! — Eric arregalou os olhos e a cara dele ficou

ainda mais vermelha quando ele viu, pela tela do celular, uma cabeça falante saindo do chão.

— Quer saber? Que se dane. — Desapareci embaixo do ônibus, onde fiquei durante o resto do trajeto até a escola. Eu não recomendo que você ande embaixo de um ônibus, mas como fantasma não foi tão ruim.

Quando finalmente chegamos, saí do meu esconderijo e dei uma olhada na galera entrando na escola. Nada do Eric. Será que ele já tinha entrado? Ah não, lá estava ele, andando em círculos com um celular na frente do rosto. Dei um passo para fora e acenei. O meu amigo parou de girar, acenou e correu até onde eu estava.

— Jesse! É você mesmo?!

— É, eu preciso...

— Que maneiro! — Eric me olhou de cima a baixo com o celular. — Depois que você foi para baixo do ônibus, imaginei que você provavelmente tinha ido parar dentro de outro jogo! Me conta tudo! Como é? É mais legal que o outro?

— Até que é. Só preciso...

— Posso entrar também? Como faço para entrar?

— Acho que não dá. O que dá pra você fazer é...

— Você já evoluiu?

— Eu não sei o que é isso. Mas preciso que você...

— AH! Você não viu um Falcorisco Dourado, viu? Eles são super-raros, mas eu já ouvi falar que tem um por aí. Se você...

— ERIC!

— O quê?

— Preciso que você ligue para os meus pais e diga que eu estou bem.

— Ah, beleza. Por que você não falou antes?

Virei a esquina da escola enquanto o Eric ligava para a minha mãe.

— Oi, senhora Rigsby. Ah, pois é, ele está bem aqui! É, ele, ahm, foi lá na minha casa hoje de manhã... Por que ele não falou que estava indo? Não sei. Muito irresponsável!

Fiz uma cara feia e ergui os braços indignado, mas ele não conseguiu ver porque estava usando o celular na ligação.

— Claro, você pode falar com ele! — Eric esticou o braço me passando o celular, e fiquei olhando para ele sem acreditar no que estava vendo. Depois de um segundo segurando o telefone no ar, meu amigo se deu conta da besteira e colocou o celular de volta na orelha. — Ah, na verdade, ele não pode falar agora. Aham. Tá bom. Vou falar para ele.

Ele desligou, voltou para o *Solte as feras* e apontou o celular para mim.

— Sua mãe falou que você está encrencado.

— Valeu.

— Bom, você devia ter avisado aonde estava indo.

— Vou me lembrar disso da próxima vez que eu for sugado para dentro de um jogo de videogame.

— Um jogo de celular.

— Um o quê?

— Um jogo de celular. Jogo de videogame você tem que jogar na...

— Tá, não vamos falar disso de novo. Só preciso dar o fora daqui antes que alguém me veja.

— Pra onde você vai?

— Resgatar o Mark.

O Eric quase engasgou.

— Sério? Como?

— Não tenho tempo pra explicar — eu disse. Até porque eu não sabia.

— Bom, já que você está no jogo, precisa descobrir qual é o seu poder exclusivo.

— Acho que eu não tenho um poder exclusivo.

— Claro que tem! Toda fera tem um poder exclusivo. Tem uma que pode invocar raios, outra que arrota veneno, outra que cria tornados.

— Acho que não consigo fazer nada disso.

— Tá, mas provavelmente você consegue fazer alguma coisa. Você devia tentar descobrir. Enquanto está aí, você também podia ir até a cantina e descobrir o que tem de sobremesa hoje.

— Não vou fazer isso.

— Tá bom, mas se você chegar a ver um Falcorisco...

— Vai logo pra aula.

O Eric fez um joinha e colocou o celular no bolso. Então olhou para cima, onde lembrava que eu estava, e deu tchau.

— Cara, isso é maneiro! — Eric disse enquanto se virava para ir pra aula.

Finalmente eu estava sozinho, então pude respirar e olhar ao redor. O senhor Gregory tinha visto eu subir no ônibus, então provavelmente logo chegaria à escola. Tudo que eu tinha que fazer era ficar longe de qualquer um que estivesse jogando *Solte as feras* até encontrar com ele.

Enquanto isso... Olhei para as minhas mãos. Será que eu tinha superpoderes? Apertei os olhos bem forte para tentar soltar fogo como a cobra, não aconteceu nada. Arrotei: fedido, mas não venenoso. Apertei os dedos na mão, fiz cara de bravo e fechei os punhos com força... Nada, nadica, necas.

Que bobagem. Depois de ter ficado acordado quase a noite toda, eu precisava era de um cochilo, não de um superpoder. Bocejei e alonguei os braços.

SHUUUUUUUUUF!

A árvore ao meu lado virou um bloco de gelo gigante.

Uau. O que foi isso? Tentei bocejar de novo. Não aconteceu nada. Alonguei os braços. Nada. Mas quando alonguei os braços e estiquei os dedos.

SHUUUUUUUUUF!

Um jato de gelo saiu da minha mão. Maneiro! Tentei de novo.

SHUUUUUUUUUF!

Certo, então eu era praticamente *o rei do gelo*! Quem sabe eu podia construir um castelo de gelo do lado da escola. Apontei minha mão para o céu e saiu gelo de novo.

SHUUUUUUUUUF!

QUÉC!

CLÉIM!

O que foi isso? Fui correndo até o local de onde vinha o barulho para descobrir que, sem querer, eu tinha derrubado um pássaro dourado gigante do céu. Ele caiu no chão em um bloco de gelo.

— Ei! O que você fez com o Falcorisco?

— Nada! Achei que o seu Jatossauro tinha acabado com ele!

Duas garotas saíram de trás da escola. Elas estavam acompanhadas de suas Feras: uma delas tinha um monstro espinhento com cara de Tiranossauro Rex e a outra tinha uma versão marrom do Pé-Grande que eu tinha visto mais cedo na minha banheira. Assim que viraram a esquina, elas congelaram onde estavam e olharam pela tela dos celulares, primeiro, para o Falcorisco Dourado que estava caído no meu pé e, depois, para mim.

— Jesse? — uma delas perguntou.

E foi aí que o Tiranossauro Rex recarregou.

CAPÍTULO 5

Desliza e escorrega

— GRRRRRRRRRRRAAAAAAAU!

Esse era o T-Rex.

— GRÉÉÉÉÉÉÉÉÉÉ!

Esse era o Pé-Grande.

— SOCORROOOOOOO!

Esse sou eu.

Corremos na direção das quadras de basquete, eu na frente e meus dois amigos monstrengos bem atrás de mim. Enquanto eles se aproximavam, eu lembrei do meu poder. Virei para trás, estiquei os dedos e...

SHUUUUUUUUUUUF!

Errei feio. Tentei de novo.

SHUUUUUUUUUUUF!

Congelei o mastro da bandeira que estava atrás do Pé-Grande. Mais uma vez.

SHUUUUUUUUUUUF!

Errei de novo, mas desta vez lancei o gelo na frente dos monstros, não atrás deles, então eu criei um escorregador no chão.

DAMP-DAMP-DAMP-GRRRRRRR-TOF.

O Tiranossauro Rex tropeçou e escorregou no gelo sacudindo descontroladamente os bracinhos para tentar se reequilibrar. Ele girou algumas vezes antes de bater com a cabeça em uma árvore. Olhei para trás e vi o T-Rex caído no chão com estrelas pairando sobre a cabeça.

Um já era!

Mas o Pé-Grande estava quase me alcançando. Eu virei para trás e tentei a coisa do gelo de novo.

SHÓÓÓÓÓÓÓIM.

Em vez do disparo de gelo de sempre, a minha mão cuspiu uma bolinha de neve patética, que acertou a cara do monstro e congelou a boca dele na forma de uma careta permanente, enquanto a outra metade continuava a grunhir. Virei-me de novo para disparar o gelo.

Clique. Clique. Clique.

A minha mão fez mesmo um clique. Acho que aquilo significava que meu gelo tinha acabado. Dei meia-volta e corri até o meu escorregador de gelo. Quando chegou até o dinossauro, o Pé-Grande estava pronto para me acertar na cabeça. Então eu pulei no gelo, deslizei uns três metros e me virei para ver o que tinha acontecido com o Pé-Grande. Para o meu azar, ele se mostrou um pouco mais coordenado do que o Tiranossauro Rex. Depois de trocar os pés e dar alguns giros, ele acabou se recuperando para voltar à caçada. Passei correndo pelas meninas, que estavam, de boca aberta, acompanhando a cena toda pela tela do celular.

— AÍ, SERÁ QUE DÁ PRA FALAR PRO SEU MONSTRO PARAR DE ME PERSEGUIR? VALEU! — gritei.

Elas continuaram olhando com aquela cara chocada que não me ajudava em nada.

Disparei na direção da escola ao passar por elas e: *PÁ!*, atravessei a parede da biblioteca. Um pouco antes do Pé-Grande aparecer atrás de mim, fui me esconder embaixo de uma estante de enciclopédias na seção de consulta. O Pé-Grande farejou um pouco, mas acho que ele não me viu. Então parei um segundo para tomar fôlego.

Olha, se tem um lugar bom para se esconder na biblioteca é a seção de enciclopédias. Considerando o pó acumulado, ninguém deve ter tocado em uma enciclopédia desde que inventaram a internet, e a parede infinita de livros me dava uma boa cobertura para eu descansar um pouquinho.

— E aqui estão os nossos livros de consulta.

Eu me encolhi atrás das prateleiras enquanto a moça da biblioteca levava uma garota até o corredor onde eu estava.

— Não tem muita coisa para fazer aqui. Só se lembre de deixar tudo ajeitadinho. Esse é o único lugar de onde você vai precisar tirar o pó de vez em nunca. Está vendo? — A moça da biblioteca se abaixou, tirou duas enciclopédias que estavam me escondendo e passou os dedos pela prateleira. — Fica meio empoeirado.

Tá de sacanagem? De todos os livros que ela tinha para escolher! Tentei desviar para me esconder melhor, mas já era tarde. O Pé-Grande me viu.

— GRÉÉÉÉÉÉÉÉÉÉÉ!

Levantei e corri, me enfiando pelas prateleiras até sair pelos fundos da biblioteca e chegar à cantina. O Pé-Grande vinha logo atrás. Ao passar pelas moças da cantina que estavam ajeitando as bandejas de comida, dei uma espiada. Tinha pavê de pêssego de sobremesa. O Eric não ia gostar.

Continuei correndo até chegar a uma sala de aula onde ninguém percebeu a minha presença, só um garoto que estava escondendo o celular na carteira para jogar *Solte as feras*. Ele tomou um baita susto quando viu um menino do sexto ano entrando em disparada na sala, passando em frente à lousa e sendo seguido por um Pé-Grande enorme. Eu fugi para o corredor e continuei tentando me livrar do monstro.

Eu precisava de um plano, e rápido. O fim do corredor estava logo ali e acabava dando de cara para duas portas. Talvez se eu entrasse pela porta da direita e atravessasse pela parede à esquerda eu conseguiria escapar. Abaixei minha cabeça e acelerei. Dava quase para sentir o bafo do Pé-Grande no meu pescoço: vinte metros, dez metros, quase lá. Olhei para cima para analisar a minha entrada triunfal e só então percebi qual era a porta em que eu estava prestes a entrar:

BANHEIRO DAS MENINAS?!

Invisível ou não, sem chance de eu entrar de cabeça no banheiro das meninas. Tentei mudar rápido de direção, mas, infelizmente, para fazer as coisas tão rápido é preciso ter um pouco de coordenação, e isso é tudo que eu não tenho. Consegui torcer as minhas pernas de um jeito que ficaram parecendo uma rosquinha e fizeram eu cair e rolar antes de parar do lado de fora da porta do banheiro.

— GRÉÉÉÉÉÉÉÉÉÉ!

Coloquei as mãos no rosto e me preparei para ser engolido.

— GRÉÉÉÉÉÉÉÉÉÉ!

Eu me encolhi feito uma bolinha.

— GRÉÉÉÉÉÉÉÉÉ!

Esse monstro ia me engolir de uma vez ou não? Espiei por entre os dedos e vi o Pé-Grande inclinado, com os braços esticados na minha direção. O monstrengo arrastou o pé no chão, mostrando as garras, nervoso, tipo um cachorro preso em uma coleira tentando caçar um esquilo provocador. Rolei rápido para dentro do banheiro dos meninos e me esparramei no chão para recuperar o fôlego. O que foi aquilo?

— BRAAAAAAAAAAU!

Por azar, não tive nem tempo de pensar, porque naquela mesma hora uma coisa igualzinha a um velociraptor do *Parque dos Dinossauros* pousou bem em cima de mim.

CAPÍTULO 6

Te peguei

A luz do ambiente foi se apagando devagar e começou a tocar uma música intensa de batalha.

— BRAAAAAAAAAAU!

— Ei, espera aí! — eu disse, chutando o ar.

O velociraptor foi para trás e se preparou pra luta.

— Jesse?

Eu me virei e vi Stu Sullinger, um garoto meio alto e meio bobo da minha sala, olhando para mim através do celular com uma cara confusa.

— Stu! Stu! Você tem que me ajudar!

— Uaaaaaaau!

O velociraptor tentou me dar uma patada na cara, mas eu desviei para a esquerda.

— Como que o Jesse conseguiu virar um personagem do jogo?

— Eu não sou um personagem do jogo! Eu ESTOU DENTRO do jogo!

O velociraptor deu outra patada, e eu desviei para a direita.

— Ele é seu? — eu perguntei apontando para o velociraptor.

— Espera aí — o Stu disse. — Sem chance! Você está falando comigo?

— PORQUE SERIA MUITO LEGAL SE VOCÊ MANDASSE ESSA COISA PARAR! — eu disse enquanto o velociraptor subia em um canto.

— Caraca, que loucura! O Jesse vai ter que me mostrar como faz isso!

— BRAAAAAAAAAAU!

O velociraptor se jogou para cima de mim com as garras para fora, mas eu rolei no chão para evitar o ataque.

— STUUUUUUUUUUUUU!

— Ele vai ficar maluco quando descobrir que eu capturei o personagem dele!

— O quê? Não! Você está me ouvindo?

O Stu passou o dedo na tela do celular algumas vezes e os olhos do velociraptor começaram a ficar vermelhos. Ele se agachou e começou a bufar feito um touro. Talvez seja uma boa hora para tentar fazer aquele negócio do gelo. Estiquei minha mão e...

FUUUuuuuuuuuu.

... arremessei uma bolinha de neve ridícula e melequenta na cara do dinossauro. Acho que meu poder precisava de mais uns minutos para ser recarregado.

— BRAAAAAAAAAAAU!

O velociraptor abaixou a cabeça e recarregou. Tentei sair do caminho do ataque, mas não deu tempo e levei uma cabeçada tão forte que me fez cair e atravessar a porta da cabine do banheiro.

— Uuuuf! — Caí no chão e bati minha cabeça na privada.

Enquanto o velociraptor se ajeitava, tentei procurar alguma coisa para usar de proteção. Quem sabe escalar a privada?

— BRAAAAAAAAAAAU!

Não deu tempo nem de testar essa ideia terrível porque na mesma hora o velociraptor deu o golpe final. Fechei os olhos bem apertados, mas de repente o grunhido e a música de batalha pararam, tudo ficou em silêncio.

E finalmente eu tive coragem pra abrir os olhos.

Eu só conseguia ver o rosto do Stu, que parecia um gigante de trinta metros. Eu conseguia ver a narina direita dele direitinho.

O Stu olhou para baixo e deu um sorrisão.

— TE PEGUEI!

SOLTE AS FERAS

BAIXANDO O PRÓXIMO CAPÍTULO...
PODERÁ HAVER COBRANÇA DE DADOS

CAPÍTULO 7

Flamezoide de Ponta-cabeça

— EI! ME TIRA DAQUI! ISSO AQUI NÃO É UM JOGO! STU! STU? STUUUUUUUUUU!

Meus gritos foram completamente ignorados, na verdade, eu nem sei se eu estava gritando. Parecia que eu estava congelado dentro do celular do Stu, com a boca aberta e os punhos no ar.

— Você é bem parecido com o Jesse! — disse Stu.

— EU SOU O JESSE! — tentei gritar.

O Stu abaixou e bloqueou o celular. Tudo ficou escuro ao meu redor e eu caí no chão. Fiquei daquele jeito, no escuro, por um instante, e então uma luz noturna fraquinha se acendeu. Depois de acostumar os olhos, descobri que eu estava preso dentro de um cubo gigante, cercado por um mar de cubos parecidos, e que todos flutuavam no espaço. Então eram assim as coisas dentro de um celular? Senti um tapinha no meu ombro.

— O que é... AHHHHHHHHHHHHHH!

Virei e dei de cara com um velociraptor me encarando.

— Brau? — ele disse com a cabeça virada para o lado.

— NÃO ME COMA! — gritei, enquanto andava para trás, procurando um cantinho para me esconder.

— Brau? — o velociraptor disse de novo. Ele começou a me rodear e me cheirar.

Fiquei paralisado! Ele estava bem interessado na parte da minha cabeça que eu tinha batido na privada, então ele parou e deu uma batidinha.

— Brau?

Não parecia que ele queria me comer, apesar de eu não ter entendido o que ele estava tentando fazer. Mas, se eu tivesse que dar um palpite, eu diria que ele estava me perguntando se estava tudo bem.

— Ahm, é, tudo bem — eu disse para a Fera jurássica que com certeza não falava a minha língua.

— Brau! — ele respondeu e me cutucou com o nariz.

Aí ele abaixou a cabeça na minha frente e fechou os olhos. Ahm, o que foi? Ficamos ali parados em silêncio por um tempinho. Depois de alguns segundos, ele tocou a minha mão com o focinho e abaixou a cabeça de novo.

Eu cocei a cabeça do velociraptor bem no meio dos olhos.

— É isso o que você quer?

O dinossauro abaixou para receber o cafuné e abanou o rabo como um cachorro. Depois ele me deu uma lambida com aquela língua nojenta de dinossauro e sumiu na escuridão.

Eu me sentei em um canto do cubo de vidro. E agora? Como alguém me encontraria ali? Quanto tempo eu teria que ficar desaparecido para o Stu perceber que tinha capturado o Jesse de verdade? O que aconteceria com o Mark? Com todas essas perguntas rodando na minha cabeça, eu caí no sono.

— É, ele estava no banheiro! — o Stu disse. Eu acordei na hora.
— Estou dizendo, era igualzinho ao Jesse. Olha, vou te mostrar.

De repente, as luzes se acenderam de novo e eu me senti sendo sugado pelo ar. O Stu e os amigos dele apareceram na minha frente.

— Não é igualzinho?

— Hahaha, é verdade, tem até o mesmo cabelo de bobo e o narigão!

Ah, vocês estão de brincadeira?

— Isso é muito maneiro! Como a gente cria nosso personagem no jogo?

— Não sei — o Stu disse. — Estou procurando o Jesse a manhã toda para perguntar. Ah, olha o amigo dele lá. Ei, Eric!

Vi o Eric aparecendo por trás do ombro do Stu.

— O que é?

— Você sabe onde o Jesse está?

— Ahammm — o Eric disse balançando a cabeça. Aí ele percebeu o que estava fazendo e começou a negar. — Quer dizer, não. Nãããããão. Quer dizer, mais ou menos. Bom, vejamos...

O Eric mente muito mal.

— Se você encontrar com ele, avisa que eu quero saber como ele fez isso. — O Stu mostrou a tela comigo lá dentro.

O Eric deu uma olhada rápida para a tela e disse que sim com a cabeça. Aí ele olhou de novo.

— UOOOOU! Esse é... Onde você encontrou ele?

— Ele apareceu no banheiro. Meu Bocassauro acabou com ele em, tipo, cinco segundos.

O Eric começou a se agitar.

— Isso não é bom. ISSO NÃO É NADA BOM!

— Deixa de esquisitice, cara. É só um jogo.

— Não, não é! Quer dizer, sim, é claro que é só um jogo, mas caramba. Ai, caramba. Ei, por que você não solta ele? Já pensou em soltar ele?

— Cara, você sabe como funciona. Depois de capturar uma Fera não dá pra soltar por aí.

— Mas eu posso lutar por ele! Vamos fazer um duelo de Feras!

— Sem chance! Vou guardar ele para sempre!

— Ah, fala sério! Eu com certeza tenho alguma coisa que você vai querer. Olha só. — O Eric pegou o celular e começou a mostrar as feras que tinha. — Gelogarto, Newtônio, Tapolvo... — Ele pulou uma das Feras sem falar o nome. — Estrelamanda, Libeleixe...

— Ah, espera, o que é aquele ali? — o Stu perguntou.

— Ah, essa é uma Estrelamanda de nível 3. Legal, né?

— Não, antes dessa.

— O que, ahm, é, não é nada. É só...

O Stu pegou o telefone da mão do Eric.

— Um Flamezoide de Ponta-cabeça? Você tem um Flamezoide de Ponta-cabeça? Eu não conheço ninguém que tenha um Flamezoide de Ponta-cabeça!

O Eric tomou o celular de volta.

— Ah, é. Não é nada de mais. Mas, enfim, se você quiser qualquer um desses outros.

— Sem chance, quero lutar contra o Flamezoide de Ponta-cabeça!

— Posso te oferecer um Chupachu Cuticuti?

Eu queria pular para fora da tela e esganar o Eric. Me tira daqui!

— É o Flamezoide de Ponta-cabeça ou nada.

— Foi mal, não dá...

— Tchau — Stu falou indo embora.

ERIC!

— Espera! Tá bom! Eu topo! Mas sem ataque turbo.

— Fechado! — O Stu deu um sorrisinho e passou o dedo na minha cara algumas vezes. De repente, fui teletransportado para fora do celular e voltei para a escola. Eu me vi diante de um morcego enorme, preto e sem olhos. As luzes foram se apagando e a música começou.

O morcego abriu uma boca gigante e soltou um SQUIIIIIII-IIC ensurdecedor! Quando o berro chegou à altura máxima, uma labareda saiu da boca dele.

— AH! — Eu me joguei no chão e rolei para a esquerda.

E o lugar onde antes estávamos de pé, agora tinha virado um buraco queimado.

— Uau! O Jesse deve mesmo querer morar em seu celular para sempre! — Eric disse, com certeza para me dar um aviso.

Então, para ser resgatado, eu tinha que ser carbonizado por um morcego gigante e nervoso? Que péssimo negócio!

— Vamos ver se você escapa dessa! — o Stu gritou.

Ele passou o dedo na tela do celular e eu fui atingido por um raio.

— Ai!

E tudo ficou branco de repente. Quando voltei a enxergar, vi o Eric e o morcego dele, lá embaixo, do alto dos meus quatro metros de altura.

— Eu falei que era sem ataque turbo! — Eric falou, parecendo um uivo.

— Ops! — disse o Stu.

O Stu passou o dedo pela tela mais algumas vezes e senti minha mão tremer. Ah, não. Não, não, não! Minha mão esquerda começou a crescer sozinha. NÃO, NÃO, NÃO! Tentei segurar o crescimento com a minha outra mão, mas já era tarde.

— SHUUUUUUUUUF!

Atirei uma bola de gelo gigante no morcego, que voou e girou feito um barril para desviar, mas o tiro de gelo era grande demais e eu acertei em cheio a asa direita dele. O morcego deu um berro e caiu no chão com uma asa congelada.

— A-há! — O Stu tocou a tela mais algumas vezes, e eu comecei a caminhar na direção da Fera que se debatia.

Tentei, com todas as minhas forças, ficar parado, mas só consegui andar devagar e todo desengonçado. O morcego tentou fugir mancando, mas sempre que tentava levantar, caía. Senti a minha mão esquerda coçando. Cara, se eu congelasse aquele morcego, o Stu ganharia e eu ficaria preso dentro do celular dele para sempre.

— Cuidado! — eu gritei, a meio metro de distância. O morcego parecia um bichinho medroso e perdido. A minha mão começou a levantar. — Eric — eu gritei —, peça desculpas ao senhor Gregory por mim! — A coceira na minha mão virou um zumbido. Já era.

Mas o morcego virou-se na minha direção, deu um sorriso cheio de dentes, abriu aquela bocona e me engoliu inteirinho.

CAPÍTULO 8

Coleira

— Te peguei!
— Ah, fala sério! Não é justo!

O Eric nem viu o Stu choramingando porque estava ocupado demais fazendo a dancinha da vitória.

Depois de um minuto dando gritinhos e chacoalhando a barriga, ele finalmente lembrou que o seu melhor amigo estava preso dentro do celular. Mas com uns toques e movimentos na tela eu caí no chão da cantina.

— Que mancada! — gritei assim que toquei no chão.

O Eric pareceu intrigado.

— Como assim, eu resgatei você, não resgatei?

— Depois de me deixar quase morrer dentro de um celular por causa de uma porcaria de um vampiro!

— Bom, tecnicamente, não é um vampiro...

Eu me virei e saí andando.

— Ei, Jesse, espera! Volta aqui!

Sem chance. Eu ia sair dali antes que outro monstro idiota começasse a me perseguir. Assim que encontrasse o senhor Gregory não ia mais desgrudar dele e...

— Tum!

Assim que dei o primeiro passo para fora da cantina, senti alguma coisa prendendo o meu peito. Tentei dar outro passo: preso. Olhei para o Eric, que ainda estava olhando pra tela do celular bem no meio da cantina.

— Quer me explicar isso? — eu gritei.

O Eric olhou para os lados e veio andando na minha direção.

— Ah, é, você está preso em uma coleira — ele sussurrou, me levando para o outro lado.

— Uma o quê?

— Quando você captura uma Fera, pode deixar que ela saia para lutar com outras Feras, desde que ela esteja presa em uma coleira, ela não pode ficar solta por aí.

— Mas e o Pé-Grande e o Tiranossauro Rex daquelas meninas, que estavam atrás de mim mais cedo? Eles não pareciam presos a uma coleira.

O Eric suspirou e agiu como se estivesse explicando as coisas para uma criança de dois anos:

— Tem como deixar a coleira mais longa, se você tiver dinheiro. Mas qualquer coleira acaba em algum momento.

Eu me lembrei do Pé-Grande tentando me pegar no banheiro.

— Então a gente tem que ficar junto?

O Eric deu de ombros.

— Que ótimo. Bom, dá pra pelo menos comprar outra coleira pra eu não ter que ficar tão perto de você?

— Não vai rolar! Minha mãe tirou o número de cartão de crédito do meu celular faz um tempão.

Ficamos parados em silêncio por uns segundos.

— Bom, tem um adulto que talvez possa nos ajudar — eu disse.

Saímos escondidos da escola para procurar o senhor Gregory. Imaginei que, àquela hora, ele provavelmente estaria se escondendo em um...

— Psiu! — o arbusto ao lado das lixeiras sussurrou.

Fomos até lá. O senhor Gregory estava com a cabeça para fora com o celular bem na frente do rosto.

— Que bom que você está bem! — ele me disse. Ele olhou para o Eric: — Obrigado por protegê-lo, você não imagina como ele é importante pra gente resgatar o Mark. Mas não se preocupe, nós vamos voltar com o Mark daqui a pouco.

— Legal — o Eric disse. — Mas, ahm, uma coisinha. Será que dá para a gente pegar o seu cartão de crédito emprestado um minutinho?

— Pra que você precisa de um cartão de crédito?

— Por motivos de coleira.

— Motivos de coleira? — O senhor Gregory começou a ficar em pânico. — Como assim motivos de coleira?

— Bom, não fica bravo, mas o Jesse meio que foi capturado, mas tudo bem, porque eu resgatei ele. Mas não está tudo tão bem assim, porque agora ele só consegue andar preso em uma coleira curta.

O senhor Gregory virou o celular para mim arregalando os olhos.

— VOCÊ FOI CAPTURADO?!

— Eu falei pra você não ficar bravo — Eric disse.

— Isso não é bom. Isso não é nada bom!

— Vai dar tudo certo se você me emprestar o seu cartão de crédito — o Eric disse.

— EU NÃO TENHO UM CARTÃO DE CRÉDITO! — o senhor Gregory gritou.

— Ah, eu achei que você tivesse, já que é adulto.

— Quer dizer, eu tenho um cartão de crédito, mas não posso usar senão vão me encontrar!

— Quem vai te encontrar? — eu perguntei, me dando conta de repente que era possível que um adulto que ficava se escondendo atrás de arbustos não batesse bem da cabeça.

— A Bionosoft! — o senhor Gregory sussurrou.

— Caramba, a empresa de videogames? — o Eric perguntou.

— Espera, é por isso que você está se escondendo atrás dos arbustos? — eu perguntei.

— Escutem — o senhor Gregory cochichou —, esse pessoal está fazendo coisas terríveis por lá. TERRÍVEIS! Se eles descobrirem o que eu estou tramando...

O Eric olhou para mim com uma cara de quem pergunta: "Você tem certeza de que esse cara sabe o que tá fazendo?".

O senhor Gregory percebeu os olhares.

— Isso parece maluquice, não é? Provavelmente parece maluquice.

O Eric deu uma risada desesperada e foi andando devagarinho para trás.

— Hehehe. Maluquice? Que engraçado. Imagina, nós não achamos que você é maluco, né, Jesse?

— Bom, para falar a verdade, é meio difícil acreditar nisso tudo — eu disse.

— Assim como deve ser difícil pra alguém acreditar que você está dentro de um jogo? — o senhor Gregory perguntou.

Eu dei de ombros.

— O Mark está preso dentro da Bionosoft. Já o vi por lá — o senhor Gregory explicou. — Agora, vocês podem acreditar ou não, vocês decidem. Mas tem mais uma coisa que preciso contar para vocês.

Senti meu estômago embrulhar.

— O quê?

— O único jeito de você sair do *Solte as feras* é você entrar escondido na Bionosoft.

BAIXANDO O PRÓXIMO CAPÍTULO...
PODERÁ HAVER COBRANÇA DE DADOS

CAPÍTULO 9

Bazuca de gelo

Louco ou não, o senhor Gregory era a minha única esperança de sair vivo deste jogo. E foi por isso que eu e o Eric fomos parar no bosque atrás da escola.

— Falta quanto? — disse o Eric, choramingando, depois de quinze minutos.

— Não falta muito — o senhor Gregory mentiu.

Nós caminhamos por mais uma hora antes de o senhor Gregory fazer um gesto para o Eric ficar em silêncio. Então ele apontou para um prédio construído no morro que estava à nossa frente.

— Uaaaaaaau — o Eric sussurrou.

Eu sempre achei que as empresas de videogames ficassem em escritórios bacanas com mesas de pingue-pongue, videogames antigos e bonecos de personagens por todos os lados. Mas, ainda que algumas delas funcionem assim, a Bionosoft não era nada parecida com isso. Aquele lugar parecia mais um prédio ultrassecreto do governo que fazia testes com animais. Era grande, preto e sem nenhuma janela, e ainda era cercado por placas assustadoras e uma cerca elétrica.

— Como é que nós vamos entrar? — perguntei enquanto nos aproximávamos da cerca.

— *Nós* não íamos entrar. O plano era você entrar escondido, como um bom garoto invisível que é, enquanto eu te ajudaria com o meu computador, escondido lá no bosque — o senhor Gregory disse. — Mas agora temos que colocar vocês dois juntos lá dentro, eu não tenho nem ideia de como fazer isso!

Olhei para o prédio e vi uma guarita a uns trinta metros de distância.

— Talvez a gente não tenha que entrar junto — eu disse. — Quantos metros tem a coleira mais comprida?

— Quatrocentos metros — o senhor Gregory disse.

— Venham comigo.

Fui andando na frente deles, em direção à guarita. Assim que um carro parou ali e o segurança foi até a janela, fiz um gesto para o Eric me seguir correndo e se agachar do lado da casinha. Sentamos no chão do lado da guarita, enquanto eu planejava o próximo passo e o Eric tentava fazer menos barulho com o nariz.

— Beleza, agora coloca na tela do cartão de crédito do *Solte as feras* e se prepara — eu disse. — Vou tentar fazer uma coisa, mas não sei se vai funcionar.

O Eric concordou, ainda ofegante.

Fiz um joinha para ele e entrei na guarita atravessando a parede. O segurança estava sentado a uma mesa, na frente de um painel de câmeras de segurança. Respirei fundo e andei até ele. Aquilo ia ser superestranho. Eu rastejei para baixo da cadeira onde ele estava sentado e, devagar, levantei a cabeça. *Pá*! Consegui passar pela cadeira e agora estava sentado de cara para as calças bege cheias de bolso daquele cara. Certo, a próxima parte seria a mais difícil. Eu achei o bolso traseiro e empurrei minha cabeça um pouquinho até que... *pá*! Minha cara tinha passado pelo bolso. O meu olho estava pertinho daquilo que eu tinha vindo pegar: a carteira dele. Eu empurrei um pouco mais. *Pá*! Dava para ver dentro da carteira dele! E depois de alguns segundos, que precisei para ajustar a visão, dava até para ler os números do cartão de crédito! Levei um minuto para decorar todos aqueles números, nunca mais na vida quero fazer algo assim. Repeti o número algumas vezes para mim mesmo e corri de volta para encontrar o Eric.

— 5199-74555... — eu fui ditando uma sequência enorme de números enquanto o Eric digitava.

— Foi — ele disse assim que terminamos. — Só falta o código de segurança.

— Código de segurança? O que é código de segurança?

— Como é que eu vou saber? Não sou eu que estou com o cartão! Ah, espera, aqui diz que é um número de três dígitos que fica na parte de trás do cartão.

Eu suspirei e voltei pra guarita para espiar a carteira do segurança mais uma vez. Um minuto depois, eu já estava de volta.

— É 455. E sem querer eu vi a cor da cueca dele, se você quiser saber.

O Eric colocou o número no celular.

— Deu certo!

— E aí, quanto custa para comprar a coleira mais longa? — perguntei enquanto nos distanciávamos da guarita. — Uns dois, três reais?

— Ahm. — O Eric foi passando pelas opções. — A melhor coleira custa R$ 49,99.

— Reais?

— Sim, mas ela tem quatrocentos metros!

— Você está me dizendo que uma coleira de mentira, dentro de um jogo de videogame, custa cinquenta reais de verdade?

— É. E estou dizendo que é o único jeito de pegar mais rápido as criaturas do *Solte as feras*.

Eu balancei a cabeça negativamente. O Eric passou o dedo na tela e eu ouvi um barulho de caixa registradora.

— Certo, a sua coleira foi atualizada — ele disse. — Mas se você vai entrar lá sozinho, acho melhor a gente dar uma turbinada em você.

— Sério? Eu não vou precisar lutar para entrar ou qualquer coisa parecida. Os monstros desse jogo são tranquilos até que alguém ataque, não é?

O Eric não respondeu porque estava muito ocupado gastando o dinheiro de outra pessoa.

— Nível 3? Feito! — *Ding*! — Bazuca de gelo? Por que não? — *Ding*! — Dobro de gelo, nevasca de batalha, dedos congelantes... — *Ding, ding, ding!*

Meu corpo todo começou a tremer.

— Eric!

Ele finalmente me olhou.

— Quanto isso tudo custou?

Ele olhou de volta para o celular.

— Uns setenta reais.

— ERIC!

— Você não quer as paradas maneiras de gelo?

— Ah, é.

Conseguimos finalmente ir até o senhor Gregory.

— Será que você pode emprestar R$ 120 pra gente? — o Eric perguntou.

— Ah, claro — o senhor Gregory respondeu sem ouvir verdadeiramente nem uma única palavra. Ele estava digitando no computador, escondido no bosque do lado de fora da Bionosoft. — Vamos lá, vamos lá, vamos lá... Isso!

Naquele instante, um par de óculos brilhantes pulou para fora do computador do senhor Gregory, do mesmo jeito que aquela fruta tinha pulado para fora do celular dele de manhã.

— Coloque isso aqui — ele me disse.

Eu me abaixei e peguei os óculos. Eles com certeza eram do jogo, e não da vida real, porque não escorregaram pelas minhas mãos quando os levantei do chão.

Eu coloquei os óculos e percebi que eles eram um pouco pesados.

— Pra que serve isso?

— Vem cá dar uma olhada. — Eric e eu ficamos em volta do computador. Na tela, o senhor Gregory abriu uma janela que mostrava o que eu estava vendo com os óculos. — Enquanto você estiver usando esses óculos, podemos ver e ouvir tudo o que você estiver vivendo no jogo e conseguimos nos comunicar com você pelo fone de ouvido integrado na armação.

— Mas como? — eu perguntei. — Os óculos nem são de verdade!

— Eu trabalhei na criação desse jogo! Eu conheço um truque ou outro. — O senhor Gregory sorriu orgulhoso de si mesmo.

— Maneiro! Será que dá pra descolar aqueles R$ 120 agora? — o Eric perguntou.

— Cento e vinte reais? — o senhor Gregory perguntou assustadíssimo.

Assim que o Eric terminou de explicar que precisávamos do dinheiro para a coleira e de como a bazuca de gelo era sensacional, o senhor Gregory tirou um dinheiro da carteira, mas não sem antes fazer a gente prometer que não gastaríamos mais nem um centavo.

Então decidimos testar o nosso novo sistema com o guarda e eu fui até a guarita.

— Você consegue ver ele? — sussurrei.

— Consigo — o senhor Gregory respondeu. — E pode falar mais alto, ele não pode te ouvir.

Eu fiquei vendo o segurança fazer umas coisas bem chatas: olhar para os monitores, olhar para o relógio, bocejar. Aí ele pegou o celular e começou a escrever.

— Agora! — eu gritei.

Nessa hora, o Eric saiu correndo do bosque com duas notas de dinheiro amassadas no formato de uma bolinha e as atirou para dentro da guarita. Ele voltou correndo para se esconder. Quando o segurança ouviu o barulho das notas caindo no chão atrás dele, saiu andando para investigar. Os olhos dele se arregalaram quando pegou as notas de cem e de vinte reais.

— Deu certo! — eu gritei e saí correndo de lá.

Lá do bosque, o senhor Gregory me fez um joinha.

— Bom trabalho, Jesse. Agora está na hora de encontrar o Mark. — Ele abriu um mapa do prédio da Bionosoft no computador. — Certo, nós estamos aqui. Você vai passar por esta cerca e seguir a rua até o lugar onde os caminhões da Bionosoft são carregados. Assim que você entrar, vou te passar as instruções pelo fone.

— Entendi — eu disse. — Mas e se eu encontrar com algum monstro?

— Não tem problema — o senhor Gregory disse. — Qualquer fera que você encontrar vai ser selvagem, então elas não vão te atacar.

— E se elas atacarem, use a bazuca de gelo! — o Eric disse.

— Nada de bazuca de gelo! — o senhor Gregory avisou. — A última coisa que a gente quer é arrumar uma briga.

— Não posso concordar — Eric resmungou.

Eu respirei fundo.

— Entendido. Obrigado pela ajuda, senhor Gregory.

O senhor Gregory ficou todo sério.

— Jesse, tenha cuidado lá dentro, não podemos perder vocês dois.

Eu concordei com a cabeça e fui caminhando pela floresta até chegar à cerca. Não fui "pela floresta" como uma pessoa normal, mas "pela floresta" atravessando todas as árvores que estavam no meu caminho. Eu podia atravessar a cerca, podia atravessar uns arbustos e... O-ou.

— Vocês estão vendo isto aqui? — perguntei pelo fone.

Entre mim e a Bionosoft tinha um campo cheio de feras. Mas essas feras não estavam passeando tranquilas como aquelas que eu tinha visto do lado de fora da minha casa pela manhã. Elas estavam fazendo flexões, marchando e fazendo barulhos assustadores, e todas elas tinham olhos vermelhos brilhantes, prontas para o ataque.

— BAZUCA DE GELO! — Eric gritou pelo fone.

Mas o senhor Gregory falou:

— Não se mexa!

— Por que todas elas estão em modo de ataque?

Ele suspirou.

— A Bionosoft deve ter desconfiado que nós viríamos. Abortar a missão.

— Mas...

Naquela hora, senti uma pata nas minhas costas. Eu me virei e dei de cara com um velociraptor de olhos vermelhos e dentes afiados dando um sorriso maligno para mim.

CAPÍTULO 10

Vinnie

— BAZUCA DE GELO!
— CORRE!

O Eric e o senhor Gregory estavam dando péssimos conselhos: se eu usasse a bazuca de gelo seria como um convite para as feras do gramado me atacarem todas de uma vez; e se eu corresse, não daria nem dois passos antes de um dinossauro faminto me devorar. Então o resto do mundo escureceu e a música de batalha começou a tocar. Eu analisei o tamanho do velociraptor que estava na minha frente.

— BRAAAAAAAAAAAU!

Ele era maior e mais assustador que o velociraptor do Stu.

— E aí, amiguinho! — eu tentei dizer.

— BRAAAAAAAAAAAU!

Acho que isso o deixou mais irritado.

— Eu quero ser seu amigo — eu continuei.

— ELE NÃO QUER SER SEU AMIGO! — o Eric gritou pelo fone.

— O meu nome é Jesse. Posso chamar você de Vinnie? Vinnie, o velociraptor? — Eu estiquei a minha mão. O dinossauro deu uns estalidos, mas eu não me afastei. Preferi fazer uma coceirinha na cabeça dele.

— Brau? — O dinossauro inclinou a cabeça e abanou um pouquinho o rabo. Os olhos dele mudaram de vermelho brilhante para um marrom-claro, e ele então balançou a cabeça e soltou outro BRAAAAAAAAAAAAU bem comprido.

— JESSE, O QUE VOCÊ TÁ FAZENDO? — Ouvi pelo fone de ouvido.

Continuei fazendo carinho na testa do velociraptor, bem no meio dos olhos, e o rabo dele voltou a balançar. O dinossauro encostou a cabeça na minha barriga e até deu uns chutinhos com a perna traseira. Ele acabou virando de barriga para cima, o que fez com que a música parasse e o ambiente voltasse a ficar claro.

— Bom garoto — eu disse.

— Brau! — Vinnie fez mais alguns daqueles barulhos.

— Nunca vi uma coisa dessas — disse o senhor Gregory, admirado, pelo fone.

— Eu já — eu disse. Depois de alguns minutos coçando a cabeça e fazendo cócegas na barriga do dinossauro, eu olhei nos olhos dele. — Será que você consegue me ajudar a entrar lá? — eu perguntei.

— Brau!

— Você sabe que ele não consegue te entender, né? — Eric disse pelo rádio.

— Velociraptors são espertos — eu disse. — Eu já vi *Parque dos Dinossauros*.

— Ele não é um velociraptor, é um Bocassauro — disse Eric.

— Dá no mesmo. — Eu olhei de volta para o Vinnie. — Que tal, amiguinho?

O velociraptor (eu me nego a chamá-lo de Bocassauro, é ridículo) levantou rápido e ficou dando pulinhos em volta de mim.

— É isso aí, vamos lá! — Eu subi nas costas dele e apontei para o lugar onde os caminhões eram carregados. O Vinnie concordou com a cabeça e decolou. Todo exército de feras selvagens no gramado da Bionosoft olhou para cima. Talvez essa não tenha sido a melhor ideia de todas. Os primeiros a nos saudarem foram os lagartos robóticos com metade do corpo de metal que formavam uma fila.

— Mire o seu pulso neles e aperte! — o senhor Gregory falou pelo rádio.

CHIIIIIÁÁÁÁÁÁÁÁ!

Um raio saiu explodindo da minha mão e acabou com todos os lagartos, deixando-os paralisados em um bloco de gelo.

— UHUL! BAZUCA DE GELO! — Eric gritou.

Eu não tive tempo para comemorar, porque um rinoceronte-verde com um chifre megacomprido e mega-afiado estava vindo pela minha direita.

— Aperte a sua mão direita como se você estivesse segurando uma espada! — o senhor Gregory sugeriu.

SHHHHHHHHING!

Uma espada de gelo apareceu na minha mão. O rinoceronte tentou me espetar com o chifre, mas eu bloqueei com a espada. Ficamos por alguns segundos andando para a frente e para trás, como numa luta de espadas, ele com um chifre afiado e eu com a minha lança de gelo até que: *SHING*!, cortei o chifre dele e: *SHOOOF*!, congelei o rinoceronte.

— AI! — Eu dei um tapa na minha própria cabeça.

Alguma coisa grande e penosa tinha dado um mergulho no ar e estava tentando me tirar de cima do Vinnie.

— Segura e aperta!

Eu fiz o que a voz no meu ouvido mandou e o pássaro gigante congelou na minha mão.

— DEDOS CONGELANTES! — Eric comemorou pelo rádio.

O Vinnie tinha que se erguer e fazer umas manobras pelo gramado, subindo pelo morro para evitar os ataques, mas nós já estávamos perto da plataforma de carregamento. Mas, infelizmente, uma multidão de feras raivosas se amontoava atrás de nós e estava se aproximando cada vez mais rápido. Eu me virei e congelei o chão atrás de mim.

SHUUUUUUF!

Fui mandando gelo e mais gelo até que se formou um lago congelado gigante. A primeira fera selvagem, um urso-branco gigantesco, pisou no gelo e caiu de cara no chão. Aquilo fez com que o bicho-pau, que tinha o tamanho de uma pessoa e estava atrás do urso, tropeçasse, o que fez com que uma coisinha redonda e espinhosa tombasse, o que fez com que vinte feras selvagens acabassem empilhadas no gelo. Eu e o Vinnie atravessamos a plataforma deixando um estrago atrás da gente.

— E agora? Para onde vamos? — gritei pelo fone.

— Atravesse o depósito — senhor Gregory disse. — Lá nos fundos tem uma porta que dá acesso ao prédio principal. Vá pra lá antes que aquela montanha de feras consiga levantar.

Eu tentei empurrar o Vinnie em direção aos fundos daquele depósito escuro, mas ele não saía do lugar.

— Vamos lá, a gente tem que sair daqui! — Ele foi um pouco para trás. — Vamos lá! — Ele fez um barulhinho que parecia um choro. Depois de uns segundos chutando e cutucando o Vinnie, eu acabei desistindo e pulando para fora. — Olha, não precisa se preocupar — eu disse, enquanto caía nas garras pacientes de um morcego preto gigante.

— AHHHHHHHH!

Um Flamezoide de Ponta-cabeça me mandou pelos ares e fui parar na viga de suporte do depósito. Quando consegui entender o que estava acontecendo, vi que eu estava pendurado de cabeça para baixo a quinze metros do chão.

— SQUIIIIIIII... — o morcego começou a soltar o grito ardido da morte.

— Pessoal? PESSOAL, O QUE EU FAÇO AGORA? — eu gritei pelo fone.

— ... IIIIIIIIIIIIIIIII... — o morcego continuou.

— Ferrou! — o Eric gritou.

— Você pode tentar...

— IIIIIIIIIIIIIIIIC!

O Flamezoide de Ponta-cabeça interrompeu o senhor Gregory finalizando o berro e disparando fogo pela boca na minha direção. Eu levantei minha mão para me defender e o gelo bateu na parede de fogo. O fogo e o gelo se encontraram no meio do caminho criando uma cachoeira que começou a cair pelas vigas do depósito. Nós lutamos por mais algum tempo antes de começarmos a perder as nossas forças. Ofegantes, pensávamos no que fazer a seguir. Então, o morcego se lembrou, ah, é, ele podia simplesmente me comer vivo. Ele abriu a bocona gigante e, assim que começou a me enfiar para dentro, *PAFT*, levou uma ovada na cara.

O Flamezoide de Ponta-cabeça grunhiu. *PAFT*! Outro ovo. Ele soltou vários barulhos agudos para descobrir com o seu sonar de morcego quem estava jogando aqueles ovos. Eu olhei para baixo e descobri, junto com ele, que era o Vinnie! Ele estava segurando um ovo com uma mão e alguma coisa que parecia um bebê morcego com a boca.

— SQUIIIIIIIIC! — O morcego me derrubou e saiu correndo atrás do Vinnie, o que era meio bom e meio ruim. A parte boa: o morcego gigante não queria mais me engolir inteirinho. Uhuullll! A parte ruim: ser esmagado em um chão de cimento pode ser menos divertido do que ser comido vivo por um morcego.

Enquanto eu caía, eu gritava e chacoalhava meus braços esticados.

SHUUUUUUUUUUF!

Seis metros, três metros... Eu me preparei para o impacto. Mas não teve impacto. Eu ganhei velocidade e deslizei até parar do outro lado do depósito. Percebi que meu desespero congelante, combinado com o meu tombo alucinante, criaram uma rampa de gelo no chão que, além de amortecer a minha queda, também me levaram direto pra onde eu queria ir! Só tinha um probleminha...

— SQUIIIIIIIIIIIIIIIII...

Eu olhei para o Vinnie e para o Flamezoide de Ponta-cabeça que estavam do outro lado do depósito. O Vinnie recuou enquanto o morcego formava uma labareda.

— VINNIE! — eu gritei.

Com aqueles bracinhos magricelos de dinossauro, ele me mostrou a direção da porta que eu precisava atravessar. Naquele momento, o exército de feras selvagens começou a atravessar o muro atrás dele.

— ESTOU INDO TE PEGAR! — Eu dei dois passos na direção do meu amigo antes do grunhido atingir o volume máximo e o morcego soltar um paredão de fogo que engoliu o Vinnie e todo o resto de feras selvagens atrás dele.

CAPÍTULO 11

Controle de solo

A labareda durou dez segundos até que o morcego parou para recarregar.

— VINNIE! — eu gritei.

O morcego olhou para mim.

— Saia já daí! — o senhor Gregory disse.

Eu me virei e corri enquanto o morcego começava a soltar outro grunhido mortal.

— Você consegue trazer o Vinnie de volta? — perguntei.

— Desculpa, não é assim que funciona — senhor Gregory falou.

— Traga ele de volta! — eu gritei, tentando não chorar. — Você inventou esse jogo. Você pode trazer ele de volta!

— Me desculpa, de verdade. Mas a gente precisa que você se concentre agora.

— Mas...

— O Mark precisa que você se concentre.

Eu me acalmei e respirei fundo.

— Isso aí. Agora, preciso que você vá andando por esse corredor. No final, você vai ver um outro corredor que vai te levar até o porão.

Snif, snif.

—Tá bom — eu disse, enxugando as lágrimas e começando a caminhar.

O corredor era tão sem graça quanto o lado de fora do prédio. As paredes eram brancas, o chão era branco, até a luz forte que vinha do teto criava um branco perfeito.

— O Mark está lá embaixo no porão? — eu perguntei.

— Olha, isso é meio complicado.

Bem nessa hora, um cara mexendo no celular saiu por uma porta. Não tinha como saber se ele estava jogando *Solte as feras*, então eu me enfiei em uma parede, só para garantir.

— Vocês acham que... — Eu olhei ao meu redor. — Caramba!

Dentro da sala que eu invadi tinha fileiras e mais fileiras de pessoas olhando para monitores de computador. Outros funcionários da empresa giravam uns pequenos projetores que mostravam uns hologramas iguais aos de *Guerra nas Estrelas*. E de um lado tinha uma tela gigante que mostrava todos os tipos de números e gráficos em movimento. Tudo aquilo parecia uma visão do futuro.

— É aqui que fazem os jogos de videogame?

— Aí não é seguro! — o senhor Gregory gritou. — Você precisa sair daí agora e correr até o porão.

— Pode crer — eu disse, indo até a porta do outro lado da sala. Deixa eu só ver se aquele cara já foi embora.

— Não importa se ele já foi embora — o senhor Gregory falou em pânico. — Você precisa sair daí agora mesmo!

— Tá bom, tá bom... — Eu congelei ali mesmo. Naquela hora, passei os olhos pela tela de um computador e vi uma imagem bem familiar: a Estátua da Liberdade decolando como um foguete. — O que é isso?

— Jesse! Sai daí! Agora!

Duas pessoinhas pularam para fora da coroa. Duas pessoinhas que pareciam muito comigo e com o Eric.

— Eles estão... Assistindo à gente? — eu perguntei.

— Olha o perigo!

Eu olhei para outra tela, que mostrava eu e o Eric dirigindo um tanque por um pântano escuro. Outra tela: o Eric atirando em mim nas Montanhas Pedregosas. Outra: eu voando pelo Havaí com uma mochila a jato. Na verdade, eu e o Eric parecíamos estar em dezenas de telas.

— Sr. Gregory, se eles sabiam que a gente estava dentro do jogo, por que não tiraram a gente de lá?

— Vai logo para o porão!

Será que o senhor Gregory estava tentando esconder alguma coisa da gente? Eu continuei caminhando pelas fileiras de computadores, cada um deles exibia um jogo diferente. Alguns mostravam eu e o Eric jogando *Potência Máxima* e outros pareciam ser só uns jogos comuns da Bionosoft: um jogo de corrida, outro de batalha no espaço, outro era um... Espera aí. Eu voltei para o jogo da batalha no espaço. O personagem principal era estranho. Não era um daqueles caras maus típicos dos jogos de videogame, ele estava assustado e parecia estar gritando e parecia bem novo também. Olhei os outros computadores novamente. Nenhum dos personagens dos jogos parecia feliz e a maioria deles parecia criança.

— O que está acontecendo? — eu gritei. — Eles estão colocando as crianças dentro dos jogos de propósito?

— Se você não sair daí agora, eu vou ter que te tirar daí!

Foi aí que a imagem de uma pessoa começou a piscar na frente da sala. Ele mostrava um velho todo encolhido usando roupas esfarrapadas. O homem estava tremendo e balançando a cabeça para a frente e para trás com as pernas junto do corpo. Eu cheguei perto do imagem. Parecia que eu o conhecia de algum lugar.

Naquela hora, o velho olhou para cima e se virou na minha direção. Eu fiquei duro feito uma pedra. Aqueles olhos. Aqueles olhos azuis-claros. Era o Mark.

BAIXANDO O PRÓXIMO CAPÍTULO...
PODERÁ HAVER COBRANÇA DE DADOS

CAPÍTULO 12

Cientista maluco

— MARK! — eu gritei. — MARRRRR... cof cof! — Alguma coisa bateu no meu peito.

— Vou te tirar daí — disse o senhor Gregory pelo fone. Eu me senti sendo puxado para trás pela coleira, atravessei a sala tentando lutar contra aquela força, estapeando tudo à minha volta, tentando me segurar, mas era inútil: as minhas mãos atravessavam tudo que eu tocava.

— Fala sério! Eric, o que está acontecendo?

— Ele pegou o meu celular! — o Eric gritou pelo fone. — Ele pegou meu celular e está arrastando você para cá!

— Você precisa me ajudar! Acho que eu encontrei o Mark!

De repente, ouvi uma confusão pelo fone.

— Ai! Ei!

Um segundo depois, o Eric, totalmente sem fôlego, voltou a falar comigo:

— Peguei o celular! — ele gritou. — Vai atrás do Mark!

Corri até a frente da sala, gritando na direção da imagem do meu amigo:

— Mark! Mark! — Ele não olhou para mim. Quando eu cheguei até ele, tentei segurar nos seus ombros. — Nós vamos te tirar daqui! — Minhas mãos atravessaram o corpo dele. Eu subi no suporte projetor para procurar alguma coisa que pudesse usar para tirá-lo dali de dentro.

— GULP! — Ouvi do meu lado, mas resolvi ignorar. Talvez tivesse um portal na base do suporte da imagem projetada.

— Você está vendo isso?

— Coloque na tela grande e chame a segurança!

Toda a base do suporte parecia ser um projetor. Talvez se eu colocasse minha cabeça lá dentro para dar uma olhada ao redor...

De repente, percebi que a sala tinha ficado em silêncio. Olhei para cima e vi que todo mundo da sala estava olhando para mim ou pra tela lá da frente. Então eu me virei para olhar e vi que a telona estava mostrando o holograma do Mark, mas estava um pouco diferente. Dessa vez, tinha um rosto saindo das costas dele, um rosto igualzinho ao meu.

— Oh-ou — eu disse.

— Oh-ou — o rosto na tela disse.

Todo mundo na sala foi à loucura. Ao mesmo tempo, todos começaram a gritar, sair correndo das mesas e pegar os celulares. Dois seguranças, um barbudo e um musculoso, correram na minha direção enquanto eu escalava o suporte. Eu tinha que sair de lá antes que alguém conseguisse ligar o *Solte as feras* e...

— Peguei ele!

O barbudo segurou o meu pé. Eu tomei um baita susto, porque tinha me acostumado com a ideia de ser invisível. O holograma parecia estar interferindo no *Solte as feras* de um jeito estranho, era como se ele me fizesse humano por um tempo. Eu tentei chutar. Nada feito. Eu gritei, mas ele me segurou mais forte. Desesperado, dei um puxão no meu pé com toda a força que consegui, fazendo com que ele se desequilibrasse no suporte do holograma.

— Ai! — ele gritou quando bateu o olho no canto do suporte. Ele me soltou e segurou a cabeça.

— Foi mal! — eu gritei, olhando para trás, enquanto corria na direção da parede mais próxima.

Permaneçam calmos, disse uma voz feminina por um alto-falante na sala. *Ativar protocolo fantasma.*

— O QUE É PROTOCOLO FANTASMA? — eu gritei enquanto me jogava para atravessar a parede. As luzes de emergência começaram a piscar, fazendo com que o corredor branquinho ficasse vermelho cor de sangue.

Permaneçam calmos. Ativar protocolo fantasma.

Continuei correndo pelo corredor, passei por um escritório e entrei em outro corredor. O senhor Gregory voltou a falar comigo pelo fone.

— Você é o fantasma — ele disse. — Eles não vão parar enquanto não te encontrarem. Era isso que eu estava tentando te avisar.

— Não teria sido mais fácil só dizer para eu ficar longe das imagens? — eu gritei, enquanto passava correndo por dentro de um banheiro.

— Não é tão simples assim.

Temos uma aparição confirmada de um fantasma digital.

Cruzei outro corredor, atravessei correndo outros dois escritórios e parei para respirar em um laboratório vazio.

— Esse é um péssimo lugar para parar! — o senhor Gregory disse.

— Por que você fica me falando para não parar? — eu perguntei. — O que está acontecendo? — Olhei em volta da sala, parecia um laboratório de um filme de cientista maluco, tinha tubos de ensaio verdes-fluorescentes, tubos elétricos brilhantes e uma maca com cintas para braços e pernas. A maca era a coisa mais assustadora.

— Jesse, você precisa...

Eu joguei os óculos do outro lado da sala. O senhor Gregory obviamente estava escondendo alguma coisa, e eu não precisava mais da voz dele na minha cabeça.

Ajam com cautela. Isto não é um teste.

— Squic, squic!

Eu me virei e vi uma parede cheia de gaiolas com ratinhos fedorentos e esganiçados. Bom, na verdade só metade das gaiolas tinha ratos. A outra metade tinha sido aberta. Onde estavam *aqueles* ratos?

Se você encontrar um fantasma, informe um supervisor imediatamente.

Eu sabia que devia voltar a correr, mas eu não conseguia parar de olhar aquele laboratório.

Por que uma empresa de jogos de videogames precisaria de um laboratório de cientista maluco? Eu olhei para o meio da sala, onde ficava boa parte dos eletrônicos. Os equipamentos principais eram gigantes e cheios de fios enrolados, tubos e metais que iam do chão ao teto. De um lado da máquina tinha uma tela de computador e do outro tinha uma coisa que parecia uma pistola de videogame, só que no mundo real.

Nunca interaja com um fantasma digital se estiver sozinho.

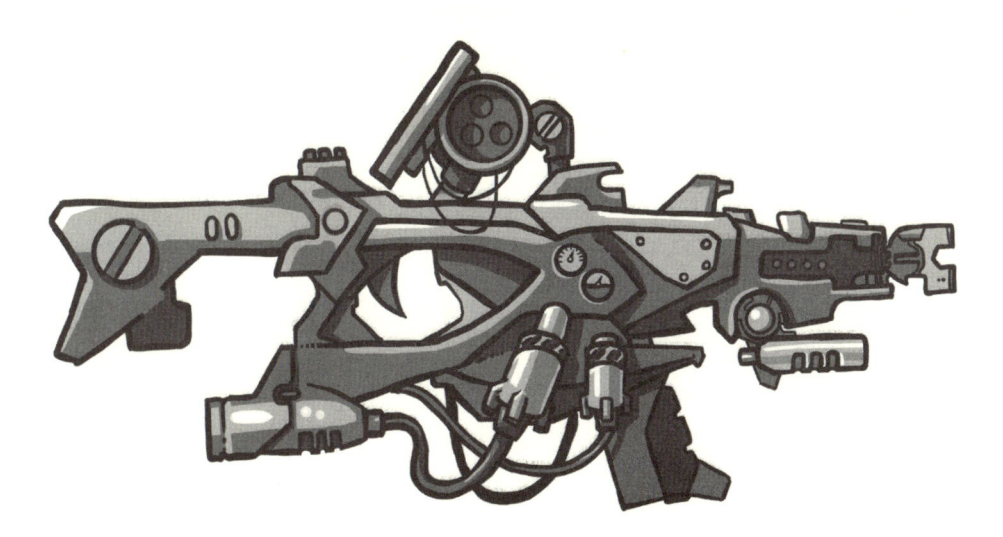

Eu estava prestes a conferir a pistola, mas uma coisa na tela chamou a minha atenção e fui olhar de perto. A tela mostrava a ilha do monstro de areia do *Potência Máxima*, mas a areia não era dourada, o chão parecia cinza-escuro e estava se movendo.

Favor evacuar o prédio imediatamente. Levem todos os seus equipamentos eletrônicos com vocês.

Ui. Ui, que nojo. Encontrei os outros ratos. Olhando mais de perto, vi que não era a ilha que estava se movendo, ela estava coberta com milhares de roedores que se amontoavam para encontrar um jeito de sair dali.

Então eu me virei e tropecei em uma mesa.

O QUADRANTE QUATRO ESTÁ LIVRE, disse uma voz masculina pelo alto-falante.

A mesa estava quase vazia, só tinha uma caixa de papelão aberta. Alguém deve ter tentado esvaziar o local rápido.

QUADRANTES DOIS E TRÊS TAMBÉM ESTÃO LIVRES.

A caixa de papelão estava cheia de bugigangas de escritório. Tinha uma estatueta colecionável do alienígena do *Potência Máxima*, livros de quadrinhos, um porta-retratos. Espera. A foto no porta-retratos. Eu sabia quem era!

BLOQUEAR QUADRANTE UM.

Com um sorriso no rosto, a mão na bola elétrica do Centro de Ciências e o cabelo espetado para cima estava Charlie Gregory, meu colega de classe. Do lado da foto, encontrei uma placa de identificação que não deixava dúvidas de quem era o dono daquele laboratório. Ali, gravado em metal barato e pintado de dourado, estava o nome DR. ALISTAIR GREGORY.

O senhor Gregory era o cientista maluco.

Eu me joguei no chão para pegar os óculos.

— Eric, fuja! — eu gritei pelo fone. — Fuja do senhor Gregory!

— Sai de cima de mim! — o Eric falou. — Ei, me larga...

Comecei a ouvir só ruídos pelo fone e a porta do laboratório abriu com tudo.

CAPÍTULO 13

O experimento

Quatro seguranças usando óculos futuristas invadiram a sala.

— OLHA LÁ! — um deles gritou.

E todos eles correram na minha direção, mesmo sem estarem com celulares nas mãos. Tinha alguma coisa naqueles óculos que os faziam me enxergar no jogo. Em vez de ficar tentando descobrir como aquilo funcionava, enfiei minha cabeça no chão e mandei ver na minha manobra de rolar para baixo do ônibus. Foi assim que fui parar no forro do andar de baixo, por onde fugi o mais rápido que eu consegui.

— Ótimo. Tragam eles aqui — disse uma voz lá de baixo.

Eu parei para espiar pelo forro e vi uma sala de apresentações enorme, com centenas de cadeiras, um palco e uma telona. A sala estava quase vazia, se não fosse por alguns seguranças lá na frente, usando aqueles óculos futuristas, e por um homem alto de cabelo ensebado e uma cara alaranjada muito esquisita. Ele devia ser importante, porque tinha uma foto dele pendurada na parede.

— Eu dou um jeito nele — disse o homem para os seguranças.

Nele quem?

Eu não podia continuar enfiando minha cabeça pelo forro porque corria o risco de um dos seguranças me pegar, então, rastejei para a esquerda, fui me enfiando para baixo, pela parede e, devagar, coloquei a cabeça para fora. Levou um tempinho para ajeitar tudo direitinho, mas, quando eu consegui, fiquei completamente indetectável. Eu tinha conseguido encaixar os meus olhos nos do retrato na parede, como os vilões fazem nos desenhos! Todos aqueles anos assistindo a desenhos animados finalmente tinham valido a pena. Mas eu não tive muito tempo para comemorar, naquela hora o prisioneiro estava entrando pela porta. Eu o ouvi antes mesmo de vê-lo.

— Isso aqui é um crime! — o Eric gritou. — Tire suas patas de mim!

Tire suas patas de mim? De onde ele tira essas coisas? Quatro seguranças levaram o Eric e o senhor Gregory até o palco. O Eric foi se debatendo por todo o caminho.

— Eu não estava invadindo! Eu estava brincando no bosque! Eu quero falar com o meu advogado!

— Sem problemas — o homem com a cara alaranjada ergueu a mão e tirou o celular do bolso. — Quem é o seu advogado?

O Eric não esperava que o sujeito se mostrasse disposto a atender aquele pedido idiota. Ele parou de se debater e falou o primeiro nome que veio na cabeça dele.

— Ahm, Mulaney e Flynn?

— Aqueles advogados que fazem um comercial brega na TV?

— Eles mesmos.

— Você não tem advogado, tem?

— Você não tem como saber.

— Por favor — o Cabelo Seboso falou —, sente-se.

O Eric começou a sentar, e então tentou fugir, mas um segurança fez ele se sentar na cadeira.

— Obrigado — o homem disse. — E seja bem-vindo à Bionosoft! Eu sou Jevvrey Delfino, fundador e presidente da Bionosoft.

— O que você fez com o Mark Whitman?!

— Eric. É assim que você se chama, não é? Eric?

O Eric se negou a concordar.

— Eric, eu valorizo a sua preocupação com o seu amigo. A lealdade é uma qualidade muito importante para mim — ele acenou discretamente para o senhor Gregory. — Eu garanto a você que o Mark está fazendo um trabalho muito importante para mim e para o Alistair.

— Eu não acredito em você.

— Você gostaria de ver com seus próprios olhos? — Jevvrey colocou as mãos atrás do palanque e tirou uma arma idêntica àquela que eu tinha visto no laboratório.

— Jevvrey, não faça isso, por favor — o senhor Gregory sussurrou.

— Alistair, não seja assim. — Jevvrey se virou para o Eric: — Esse cara aqui é muito modesto para te contar, mas logo ele será conhecido como o Thomas Edison da nossa geração. Veja a invenção que vai mudar o mundo.

Ele ofereceu a arma futurista para o Eric.

Eric, não sendo o tipo de cara que nega uma oportunidade de conferir uma arma do futuro digna de um filme de ficção científica (mesmo se a oportunidade for dada por um sujeito com cara de vilão do mal), foi chegando devagar perto do palco.

— Isso aí — Jevvrey disse. — Aqui, olhe mais de perto. — Ele colocou a arma nas mãos do Eric.

Com cuidado, o Eric a girou algumas vezes, segurando como se a arma pudesse decidir disparar sozinha um tiro gigante a qualquer momento.

— O que você tem nas mãos não é só o futuro dos jogos de videogame, mas o futuro da vida no planeta. Imagine conseguir viajar para qualquer lugar (ele estalou os dedos) em questão de segundos. Por exemplo, aonde você gostaria de ir agora?

— Ahm, pra casa?

Jevvrey riu.

— Certo, fora isso. Que tal as ilhas Fiji? A Torre Eiffel? Antártida? E não só lugares do mundo real, mas qualquer lugar que você possa imaginar. Quem sabe para a Estrela da Morte!?

Jevvrey começou a caminhar para a frente e para trás no palco, gesticulando muito com as mãos como se estivesse fazendo uma palestra.

— Com esta tecnologia você pode transportar qualquer um para qualquer lugar que você criar em um jogo. É melhor que realidade virtual. — Ele fez uma pausa longa e dramática antes da frase final: — Essa é a nova realidade! — Jevvrey parou no meio do palco e sorriu, esperando que o Eric aplaudisse ou algo assim.

— Uhhhhh, legal — Eric disse com a voz que ele faz quando não está entendendo nada.

Jevvrey tirou uma lata de gás verde do bolso e pegou a arma das mãos do Eric. Enquanto rosqueava a lata na base da arma, ele falou:

— Isso aqui é gás de plasma. Há alguns meses, o Alistair descobriu um método para mandar coisas vivas para mundos digitais usando plasma. Só tem um problema: o processo custa milhões de reais. Por mais que tentássemos, não conseguíamos baratear a arma para que as pessoas pudessem comprar. Mas e se nós não precisássemos da arma? E se usássemos alguma coisa que já tem plasma? Alguma coisa que todo mundo tem em casa.

Eric estava começando a entender.

— Uma TV?

Jevvrey sorriu.

— Acho que você já sabe a resposta.

— Mas por que testar na gente? A gente nunca concordou em entrar no seu jogo!

— Eu também gostaria de saber — o senhor Gregory falou.

Jevvrey o ignorou.

— Você concordou em testar o jogo para o Alistair, não foi?

— Eu não concordei em ser uma cobaia! Eu quase fiquei preso para o resto da minha vida!

Jevvrey sorriu e chegou mais perto.

— Você consegue guardar um segredo? — O Eric se afastou como se o Jevvrey estivesse com mau hálito. — Você já tinha entrado no *Potência Máxima* quatro vezes.

O Eric ficou encarando Jevvrey por um momento e depois negou com a cabeça.

— O que foi? Você não lembra? — Jevvrey voltou ao palco, pegou um controle remoto e ligou a tela atrás dele. O Eric apareceu na tela, dando voltas em um helicóptero. — Você se lembra disso?

Eric olhou confuso.

Jevvrey apertou um botão e o vídeo mudou para uma cena em que o Eric estava descendo uma montanha enquanto atirava em uns alienígenas.

— E disso aqui? — Eric assistia em silêncio enquanto Jevvrey explicava: — Quando você sai de um jogo do jeito certo, sem estragar as coisas do jeito que você fez, a sua memória volta para o último ponto que você salvou. Você pode viver anos dentro de um jogo sem se lembrar de nada.

— Mas eu saí do jeito certo! E acho que me lembrava disso, porque mandei uma mensagem para o Jesse contando sobre o jogo!

— Eu sei — o Jevvrey falou. — Aquilo foi um erro técnico que já corrigimos. E conseguimos corrigir inúmeros erros como esse com a ajuda de testadores de todo o mundo. — Ele apertou outro botão no controle remoto, fazendo aparecer na tela centenas de caixas com vários tipos de pessoas diferentes lutando nos jogos. Algumas pareciam felizes, como o Eric, mas a maioria estava apavorada.

— Então, se o Mark é um dos testadores, por que você não deixa ele ir embora?

O Jevvrey apertou outro botão. Todas as caixas desapareceram, menos uma. Ela mostrava o Mark, ainda encolhido e tremendo, com uma cara mais apavorada do que nunca.

— Durante todo esse tempo, sempre nos fizemos uma pergunta: o que acontece quando as pessoas morrem nos jogos? Será que elas desaparecem de vez ou voltam para cá? Se elas voltam, será que conseguem entrar no jogo outra vez? Será que acabamos de descobrir a fonte da juventude eterna? Segundo nossos cálculos, o corpo digital de Mark tem mais de oitenta anos. — Ele voltou a olhar para a tela. — Ele não parece muito bem, não é? Acho que vamos conseguir uma resposta a qualquer momento.

O Eric começou a olhar para todos os lados alucinado.

— Espera aí, por que você está me contando isso tudo?

Jevvrey sorriu.

— Só queria que você soubesse onde está se metendo — ele disse, enquanto mirava a arma de plasma.

O Eric tentou correr, mas os seguranças o agarraram.

— Deixem ele parado — disse Jevvrey. — Não quero desperdiçar esse tiro.

— ERIC! — eu gritei, pulando para fora do meu esconderijo. Corri na direção do Jevvrey gritando "NÃÃÃÃÃÃÃÃO!". O Jevvrey girou algumas partes da arma e apontou para o Eric, mas eu me joguei na frente dele.

ZIIIIIIIING!
A arma de plasma acertou em cheio o meu estômago.

CAPÍTULO 14

Pirata!

Quando fui atingido, fechei os olhos e senti uma coceira, como se eu tivesse recebido um jato de água daquele aparelho do dentista ou algo assim. Quando a coceira parou, abri meus olhos, esperando estar em alguma caverna escura de um jogo, mas nada disso. Na verdade, não tinha nada de diferente. Eu ainda estava no auditório da Bionosoft com o Eric, o Jevvrey, o senhor Gregory e um bando de caras usando aqueles óculos estranhos. A diferença era que agora todo mundo estava me olhando sem acreditar.

— Jesse? — o Eric disse. — Você... você voltou.

— Esse aí é o outro moleque! — o Jevvrey gritou.

Um dos seguranças que segurava o Eric pulou para me alcançar. Em vez de sair correndo como eu faria normalmente, eu fiquei surpreso comigo mesmo quando me lancei na direção dos joelhos dele.

POFT!

Eu derrubei o segurança e continuei correndo na direção do Eric. O outro segurança, que estava segurando meu amigo, o soltou para correr atrás de mim também. O Eric tentou me ajudar, empurrando o segurança para longe, mas ele não pensou direito na força necessária para derrubar um cara de noventa quilos e acabou caindo sozinho. Isso acabou sendo a manobra perfeita, porque, naquela hora, outro segurança que também estava atrás de mim acabou tropeçando no Eric caído no chão. Assim que esse segurança caiu, ele se agarrou na primeira coisa que conseguiu: o tornozelo do último segurança. Em questão de segundos, eu e o Eric tínhamos conseguido derrubar três caras malvados, não entendemos como.

— VAMOS EMBORA!

Dei mais dois passos em direção à porta antes de sentir alguma coisa segurando o meu tornozelo. O segurança, que estava com o senhor Gregory, tinha largado ele e estava me arrastando pelo chão. Eu tentei chutar um pouco, mas ele me segurava como se a vida dele dependesse daquilo. E, agora, os outros caras malvados começavam a se levantar.

— Eric! — eu gritei. — Não pare de correr! Eu vou...

— AAAAAAAAAAU!

A mão soltou o meu tornozelo. Olhei para trás e vi a boca do senhor Gregory agarrada à outra mão do segurança.

Um outro cara arrancou o senhor Gregory de cima dele, mas antes disso eu consegui chutar e me livrar dele.

— CORRAM! — o senhor Gregory gritou para mim. — AINDA DÁ TEMPO DE RESGATAR O MARK!

Eu e o Eric corremos para a porta enquanto o senhor Gregory fazia de tudo para manter os seguranças ocupados lá atrás.

— Para onde a gente vai? — o Eric me perguntou como se eu tivesse algum tipo de mapa que levasse até o Mark.

Em vez de responder que eu não tinha nem ideia de pra onde ir, indiquei uma porta qualquer. Era uma sala de paredes verdes e cheia de umas coisas de espuma; eu peguei um bastão comprido e Eric pegou um escudo de espuma e uma espada de pirata.

Olhei para ele e perguntei:

— Você está achando que vai dar de cara com um pirata de espuma?

— COMO É QUE EU VOU SABER?

Chegamos ao outro lado da sala na mesma hora em que uma multidão de seguranças a invadiu.

— Parem ou...

Não ouvimos o resto, porque saímos pelo outro lado e voltamos ao corredor. Lá estava o segurança barbudo que eu tinha empurrado na base no holograma. Agora ele estava com um tampão no olho esquerdo. Com aquela barba e o tampão, ele estava igualzinho a um...

— PIRATA! — Eric gritou.

O cara pegou uma arma de choque e disparou contra o Eric. Por sorte, meu amigo tinha um escudo de espuma gigante para se esconder. Assim que os fios da arma de choque atingiram a espuma, o Eric gritou e, por algum motivo que só ele sabe, saiu girando e gritando. Aquilo, mais uma vez, acabou resolvendo o nosso problema, o giro fez a arma cair da mão do pirata dando uma pirueta para cima e caindo bem na cabeça dele, o que fez com que ele caísse no chão. O Eric largou o escudo e saímos correndo em direção à escada. Quando nos aproximávamos, notei que tinha uma câmera de segurança no final do corredor.

— Como vamos conseguir chegar a algum lugar com todas essas câmeras?

Sem perder o ritmo, o Eric pegou o meu bastão, mirou na câmera de segurança e acertou em cheio sem parar de correr.

FIU!

— Problema resolvido!

Descemos dois lances de escada e acertamos mais duas câmeras. Decidimos abrir uma porta que dava para um corredor vazio, acertamos mais uma câmera e escolhemos uma sala para nos esconder. A sala que escolhemos não era bem uma sala, mas um armário comprido, apertado e entulhado.

— O que são essas coisas todas? — Eric perguntou quando acendemos as luzes. Computadores velhos, placas de circuito jogadas, e emaranhados de fios coloridos caindo das prateleiras. O Eric pegou um robô pela metade enquanto eu procurava algum jeito de nos escondermos dos caras malvados.

— Ali! — eu gritei. As placas do forro no canto da sala tinham sido tiradas do lugar e deixavam um buraco feito para mim no teto.

— E como é que a gente vai subir até lá? — o Eric perguntou.

— Virando uma aranha?

— Com isso! — Eu sorri, segurando o meu bastão.

— Não tô entendendo.

— Olha só — eu falei, dando uns passos para trás. Eu medi o salto, contei até três e comecei a correr na direção da parede dos fundos com a confiança de um atleta do salto com vara da Olimpíada, e não como alguém que só tinha visto aquilo na TV. Chegando ao fundo da sala, finquei aquele bastão em um canto e pulei. Se o meu bastão de espuma fosse muito molenga, eu teria dado de cara na parede. Se fosse muito duro, eu podia me espetar com ele e cair no chão. Mas como era uma perfeita combinação de espuma em uma base de molas, o bastão me fez saltar na direção da abertura no forro, a dois metros e meio do chão. Enquanto eu voava pelo ar, percebi como eu era sortudo. Quem diria que isso funcionaria! Talvez conseguíssemos até fugir depois...

TCHÁ!

Assim que dei o último empurrão para entrar no forro, o bastão quebrou. Eu tinha impulso o suficiente para entrar rolando, mas o meu coração parou quando olhei para baixo para ver o estrago. O Eric estava lá parado com dois pedaços de um bastão quebrado nas mãos.

— E agora? — ele perguntou.

Bem naquela hora, ouvimos o exército de seguranças entrar no corredor que ficava do lado de fora.

— ELES ESTÃO NESTE ANDAR! — alguém gritou.

O Eric começou a entrar em pânico. Ele olhou em volta da sala, procurando alguma coisa que pudesse usar para subir até onde eu estava, mas levaria uma hora para montar uma torre de computadores quebrados que chegasse até o teto.

BANG! BANG! BANG!

Os seguranças tinham começado a abrir todas as portas enquanto desciam pelo corredor. O Eric calçou a porta com a espada, apoiada entre duas prateleiras, uma em cada lado da sala, ganhando alguns segundos a mais com aquela minibarricada.

BANG! BANG! BANG!

O Eric começou a jogar tralhas para todos os lados e os caras malvados iam se aproximando cada vez mais. Procurei no forro alguma corda ou fio que eu pudesse usar para erguê-lo.

BANG! BANG! BANG!

— Ei! — Eric sussurrou.

Eu olhei para baixo. Ele estava segurando uma arma de plasma. Ou, para ser mais exato, metade de uma arma de plasma. Ela parecia quebrada, tinha fios caindo para fora e não estava com a tela da parte de trás.

— Será que é uma boa ideia tentar entrar no *Solte as feras*?

— Sem chance! — eu sussurrei. — Você nem sabe como isso funciona!

BANG! BANG! BANG!

CLEC CLEC CLEC CLEC!

Os caras malvados tinham descoberto a nossa sala e agora estavam tentando quebrar a barricada do Eric.

Eric sacudiu a cabeça, pegou uma lata de plasma da prateleira e virou uma chave na arma. Ela fez uns barulhos de computador velho e ganhou vida. Ele girou o disco que ficava atrás da arma, encaixou a lata de plasma e jogou o celular para mim.

— Para que serve isso?

— Para você ver se eu consegui.

CLEC CLEC CLEC CLEC!

O Eric apertou outro botão e a arma acendeu.

— Eric, espera!

O Eric não esperou. Ele apontou a arma de plasma para o próprio peito, fechou os olhos e apertou o gatilho.

CAPÍTULO 15

O bando

— ERIC!

Na mesma hora, eu abri o *Solte as feras* no celular e procurei por toda a sala. Nada.

— ERIC!

De repente, alguma coisa piscou e surgiu uma mão fazendo um joinha flutuante no lugar em que o Eric estava. Um pedaço de cada vez, o resto do corpo dele começou a aparecer piscando na tela.

— Que maneiro! — ele disse quando apareceu a boca. — Eu estou invisível, certo? Cara, eu vou capturar tantos...

CLEC CLEC CLEC CLEC CLEC CLEC CLEC CLEC

— BAM!

A tropa de segurança entrou com tudo e eu me encolhi, indo para longe do buraco no teto, e o Eric entrou pela parede.

— Eu acabei de entrar em uma parede! — ouvi o Eric gritando pela tela do celular. — ESSA É A COISA MAIS... *Clic*. Desliguei o celular antes que aqueles caras conseguissem ouvir.

— Aonde eles foram? — um deles perguntou.

— Olha aqui. — Ouvi o som de um deles pegando alguma coisa de metal do chão. Ele falou pelo rádio. — Eles ficaram invisíveis. Tranque tudo e mande o bando. — Nesse momento, ouvi uma multidão de botas marchando.

Uns segundos depois, arrisquei ir em silêncio até o buraco no forro para espiar a sala. Estava vazia. Eu peguei o celular.

— Eric? Eric?

Sem avisar, o Eric atravessou o chão.

— Ahá! Isso é muito doido! Ainda estou tentando descobrir qual é o meu poder, mas saca só! — Ele enfiou a cabeça no chão e depois tentou plantar uma bananeira sem as mãos. Ele balançou um pouco e acabou caindo uns segundos depois. Ele enfiou a cabeça para fora de novo. — Ainda estou treinando, mas...

— ERIC!

— O quê?

— O que é um bando?

— Como é que eu vou saber?

— Bom, é melhor a gente dar o fora daqui antes de descobrir, né?

— É, pode ser, você que manda — Eric disse distraído enquanto dava uns chutes de karatê através da parede.

De repente, uma das bolas de pelo que tinha tentado comer o meu cadarço pela manhã apareceu na rota do chute do Eric.

POU!

O Eric chutou a coisa para o outro lado da parede. Então, outra bola de pelo caiu do teto bem na cabeça do Eric, e uma outra deu uma baita de uma mordida na perna dele!

— Ai!

Uma montanha de cinco bolotas apareceu bem diante da cara dele, mostrando os dentes afiados e fazendo uns barulhinhos nervosos.

— O BANDO! — Eric gritou enquanto outras duas atacavam a perna dele a dentadas.

— O que a gente faz agora?

— AUMENTA O MEU NÍVEL!

— Como eu faço isso?

— DÁ UM JEITO! — o Eric gritou tentando espantar quatro bolas que estavam em cima dele.

Eu fui passando as telas até que encontrei o menu de evoluções.

— Qual delas você quer?

— TODAS!

Fui descendo a lista e clicando em todas as evoluções que tinha ali. Depois de gastar uns cinco segundos e uns cem reais daquele segurança, eu olhei para cima.

— Deu certo?

O Eric começou a brilhar feito uma bola de fogo roxa e a crescer bem ali na minha frente. O corpo dele dobrou de tamanho e as mãos não paravam de crescer até chegarem ao tamanho de um pufe gigante.

— ISSO AÍ! ESMAGA-TUDO! — O Eric gritou com uma voz um pouquinho mais grossa do que o normal. Ele fechou os punhos e começou a socar as bolas de pelo sem parar. — UHUL! — Com punhos gigantescos e furiosos, o Eric foi abrindo caminho em meio às bolas de pelo, como se fosse um garoto do sétimo ano derrubando os meninos da terceira série em um jogo de futebol. Mas, mesmo estando feliz por esmagar as bolas de pelo, dava para ver que a briga não estava equilibrada. Para cada bola de pelo que ele esmagava, outras três apareciam.

— Eric, eles são muitos! — Ele esmurrou o chão com as mãos gigantes, fazendo com que a onda causada pela pancada retumbasse pela sala e derrubasse todas as bolas que estavam por perto.

— Olha só, pode deixar comigo! — ele disse. Mas enquanto ele dizia aquelas cinco palavras, outras dez bolas de pelo caíram do teto.

— Acho que elas estão se multiplicando!

O Eric continuou socando, golpeando e esmurrando, mas notei que o brilho dele estava ficando mais fraco.

Olhei para a tela e vi que a barra de energia estava chegando aos 25%.

— Dá uma turbinada aqui em mim! — ele gritou.

Encontrei o botão "Turbinar Evolução" (R$ 9,99) e cliquei nele. O Eric começou a brilhar mais e bater mais forte, mas o exército de bolas de pelo tinha começado a se multiplicar tão rápido que até ele percebeu que precisava de uma estratégia diferente.

— Ai! Ai! Eu preciso sair daqui! — ele gritou, indo na direção da porta.

— E como é que eu fico?

— Vem atrás de mim pra continuar me evoluindo!

— Mas eu não tô invisível!

O corpo do Eric estava totalmente coberto de pelos.

— Ai! Para com isso! — *SOCO SOCO SOCO*. Ele correu para o corredor.

Bom, eu podia ficar parado e deixar o meu melhor amigo ser comido vivo por um bando de bolas de pelo bonitinhas e mortais ou ir atrás dele e ser pego pela arminha de choque do bando de seguranças nervosos. Eu escolhi o bando com a arma de choque.

— Me espera! — eu gritei, enquanto engatinhava pelo forro.

Quando cheguei perto do vão da porta do armário, tirei aquela peça do forro e olhei para baixo. Bingo. A porta estava aberta, o que significava que eu podia descer rolando pelo buraco do forro, me segurar na parte de cima da porta e me balançar até conseguir tocar a maçaneta com os pés, assim eu conseguiria chegar ao chão sem quebrar o tornozelo. Coloquei o celular do Eric no meu bolso, respirei fundo uma, duas vezes e saí escorregando pelo buraco, errei feio o lugar da porta e esborrachei meu tornozelo no chão.

— MMMMMMRRRRUUUUUU! — eu disse, urrando de dor, tentando fazer o máximo de silêncio possível caso tivesse alguns dos meus amigos seguranças por perto. Por sorte, o corredor estava totalmente vazio e eu pude então soltar um grunhido enquanto mancava de um pé. — Eric, que plano horrível — resmunguei, tirando o celular do bolso.

Oh-ou. A tela tinha quebrado em um zilhão de pedacinhos. Parecia até que eu tinha caído de bunda em cima dela. Dei um toque nela e consegui fazer um terço funcionar, suficiente para ver uma fila enorme de bolas de pelo correndo atrás do Eric pelo corredor. Fui mancando na direção dele, com o meu tornozelo quase-que-meio-que-totalmente quebrado, e apertei de novo o botão de evoluir.

UUUUUSSH! PAFT!

O Eric socou o chão e derrubou uma fila inteira com uma onda de choque.

— Vamos embora! — Ele esperou que eu o alcançasse, mas isso deu para as bolas de pelo começarem a se multiplicar de novo. Se eu não estivesse cego de dor, talvez tivesse notado um negócio esquisito: o bando não parava de aparecer atrás do Eric, mas nunca na frente dele.

Chegamos até uma escada e começamos a subir, já no primeiro andar o Eric começou a atravessar a porta correndo e na mesma hora se virou e disse:

— VAMOS, NÃO PARE!

Coloquei o celular na janelinha da porta e vi um mar de peludos nervosos dentro daquela sala, a mesma coisa no andar de cima. Foi só no quarto andar que encontramos um corredor vazio.

— ESSE AQUI! — o Eric gritou.

— Espera aí! — eu disse, enquanto ligava o jogo outra vez. Ele pegou a bola de pelo que estava mais perto e usou como bola de boliche para derrubar todos os monstrengos que tinham ficado para trás.

— Você não acha estranho a gente não ter encontrado nenhum segurança? — eu perguntei. — A essa altura eles já deveriam ter me visto pelas câmeras, não é?

O Eric deu de ombros.

— Talvez ninguém esteja prestando atenção nas câmeras porque todo mundo está atrás de nós. — Nessa hora, começou a chover bolas de pelo do céu. — Vamos logo!

Abaixei a cabeça e fui atrás do Eric de novo. Tinha alguma coisa errada naquela história toda, mas eu não tive nem tempo de pensar naquilo porque, assim que entramos no corredor, uma muralha de pelo apareceu bem na nossa frente.

— AHHH! — o Eric gritou e se enfiou na porta mais próxima.

Eu entrei na sala escura atrás dele, mas assim que demos o primeiro passo para dentro da sala, percebi que tinha sido uma má ideia.

BAM!

A porta fechou sozinha nas nossas costas e, por alguns segundos, tudo era escuridão e grunhidos. Ah, não! Eu conhecia aqueles grunhidos. Foi então que as luzes foram se acendendo uma a uma, deixando à mostra fileiras de ratos em gaiolas. Tínhamos voltado para o laboratório do senhor Gregory.

— Oi, de novo, senhores.

Lá estava ele, sentado bem na nossa frente, com as mãos apoiadas no colo e um sorriso tranquilo no rosto: Jevvrey Delfino.

CAPÍTULO 16

Caixa-preta

O Eric se virou na mesma hora e tentou sair correndo pela porta.
BÓINC!
Ele bateu a cara. Tentou pela parede, a mesma coisa.
— Desculpe, mas a gente trancou tudo — Jevvrey disse.
O Eric se virou. O Jevvrey estava olhando para ele por uns óculos futuristas. Ele mostrou para o Eric.
— Óculos futurista do *Solte as feras*, apenas R$ 99,99. Logo, logo vai estar em pré-venda.
Olhei em volta e vi que o Jevvrey tinha colocado umas coisinhas a mais desde a última vez que eu tinha estado lá. A primeira coisa que notei é que ele estava sentado em uma poltrona de frente para um retângulo preto de quase dois metros que ficava no meio da sala. Parecia um daqueles supercomputadores de cinema, com chaves, botões e luzinhas piscando por todos os lados. A outra coisa diferente era que o senhor Gregory estava sentado na escrivaninha, de frente para um computador, com uma cara péssima.
— Achei mesmo que vocês conseguiriam chegar a tempo — Jevvrey disse.

— A tempo de quê?

— Estamos prestes a ver o que acontece no final do jogo! — Jevvrey pegou o celular e tocou na tela.

— Mark? — Eric perguntou.

O Jevvrey concordou com a cabeça.

— O Mark está sumindo cada vez mais rápido. — Ele virou o telefone para que a gente pudesse ver.

O Mark estava mesmo desaparecendo, não era energia ou algo assim, ele estava desaparecendo da tela. Dava para ver através do corpo dele, que estava ficando mais transparente a cada segundo.

Jevvrey sorriu.

— Não é incrível?

— Cadê ele? — o Eric gritou partindo para cima do Jevvrey, mas o soco que meu amigo tentou dar atravessou a cara do homem. O Eric estava invisível. — CADÊ ELE?

Jevvrey riu.

— Que bonitinho que você ainda acha que vai poder resgatar seu amigo. Não é bonitinho, Alistair? — Ele se virou para o senhor Gregory, que estava atrás dele. — Você conta ou eu conto, Alistair? — O senhor Gregory evitava fazer contato visual com a gente.

— Contar o quê? — o Eric perguntou.

— Eu detesto ter que contar isso para vocês, mas vocês nunca conseguiriam salvar o Mark.

Eu já estava de saco cheio do Jevvrey.

— Você tá mentindo! — eu gritei. — O senhor Gregory falou que...

— O senhor Gregory falou o quê? Ele bolou algum plano infalível para resgatar o Mark?

— Bom, ele...

— O Mark está na Caixa-preta. — Jevvrey deu uma batidinha na máquina que estava atrás dele. — Essas Caixas-pretas custam milhões de reais, porque nunca perdem dados. Nada sai de uma Caixa-preta, mas vocês já sabiam disso.

Lembrei que o Mark tinha dito exatamente a mesma coisa enquanto estávamos no *Potência Máxima*.

— O Alistair não trouxe vocês aqui para resgatar o Mark, porque é impossível fazer isso. Ele trouxe vocês aqui porque eu mandei.

O senhor Gregory continuava tentando desviar o olhar.

— A Bionosoft estava prestes a mudar o mundo e vocês dois fugiram com o nosso segredo. Nós não podíamos deixar isso acontecer. Aí, eu falei para o Alistair que se ele não colocasse vocês dois na Caixa-preta, o filho dele que iria lá para dentro. Quando ele desapareceu, eu fiquei meio preocupado que pudesse tomar uma decisão idiota, mas então ele apareceu hoje com vocês DOIS! — Jevvrey se virou para o senhor Gregory. — Eu nunca devia ter desconfiado de você, Alistair.

Eu não conseguia acreditar no que estava ouvindo. Olhei para o senhor Gregory para confirmar, mas ele não olhava para mim. Ele continuou olhando para o lado, como se tivesse alguma coisa para falar, mas não pudesse dizer. O Jevvrey deu um tapinha no meu ombro.

— Eu sei que é difícil de engolir. Foi mal. Não é culpa de vocês.

Eu estava com os olhos pregados no senhor Gregory. Ele não estava evitando o contato, estava com os olhos pregados em um ponto fixo.

— Ligue a máquina, Alistair.

Para o que ele estava olhando? Eu segui o olhar até o outro lado da sala, até chegar a uma tela de computador que estava atrás do Jevvrey. A tela exibia a mesma coisa de antes: os ratos na ilha deserta, mas eles não estavam mais amontoados numa bola de ratos gigante.

Na verdade, eles pareciam estar formando grupos que, juntos, criavam formas. Olhei para a tela mais alguns segundos até conseguir enxergar. Não eram formas! Eram letras! Três fileiras de ratos formavam três palavras diferentes:

CHEGA
MAIS
ERIC

BAIXANDO O PRÓXIMO CAPÍTULO...
PODERÁ HAVER COBRANÇA DE DADOS

CAPÍTULO 17

Fim de jogo

"Chega mais, Eric?" O que isso queria dizer? Enquanto o Jevvrey rosqueava uma lata de plasma em uma arma, olhei para o Eric pelo celular e chamei a atenção dele. Eu balancei a cabeça na direção da tela, ele não entendeu. Balancei de novo, dessa vez por mais tempo. Ele olhou para onde eu estava apontando e indicou que tinha entendido, mesmo eu sabendo que ele não tinha entendido nada.

— Olha para a tela! — eu falei entre os dentes.

Eric fez uma careta para mim, fez uma careta para a tela, fez outra careta para mim e então virou a cabeça com tudo de volta para a tela. Ele ficou parado olhando para ela por um tempo e me olhou com uma cara estranha. Eu encolhi os ombros e olhei para o senhor Gregory. Ele tirou os olhos da tela do computador, olhando para cima e acenando com a cabeça bem discretamente.

— Pronto, eu estou preparado, Alistair — Jevvrey disse depois de terminar de conectar a arma de plasma à Caixa-preta. — Inicie o *sistema*. — Ele passou sua atenção para mim.

— Quer que a gente deixe algum recado para os seus pais depois que você tiver partido?

— Eu diria: "Não custa tentar" — respondi, olhando na direção do Eric e fazendo um gesto de avanço.

— Tentar? — Jevvrey virou a cabeça para o lado, intrigado. — Tentar te encontrar, você quer dizer? Hum, não seriam essas as minhas últimas palavras, mas quem sou eu para julgar?

IIIIIIIIIIIRRRRRRRR.

Ele preparou a arma de plasma e apontou para mim.

— ERIC! — eu gritei. — AGORA!

Sem nada a perder, Eric correu na direção da tela do computador e Jevvrey deu uma risadinha.

— Você está preso nessa sala — ele disse. — Então sinta-se à vontade para...

Ele parou no meio da frase quando o Eric estendeu a mão e foi entrando na tela: a mão do Eric não atravessou a tela do jeito que eu tinha imaginado, ela entrou no mundo do videogame.

Quando o Eric se jogou na tela, uma grande sombra escura apareceu na ilha.

— Uooooooooooou! — Eric disse.

— Como você está fazendo isso? — Jevvrey gritou enquanto corrigia o alvo para acertar o Eric.

— Abaixe a mão, Eric! — o senhor Gregory orientou.

Assim que meu amigo obedeceu, uma mão gigante apareceu na tela e ele a levou até o topo da montanha dos ratinhos barulhentos.

— QUE NOJO! — Ele tirou a mão fazendo com que milhares de roedores da ilha invadissem o laboratório.

— O que está acontecendo aqui? — Jevvrey gritou enquanto recuava.

O senhor Gregory deu um assovio baixinho e apontou em direção ao Jevvrey. Em um enorme bando, os ratos todos se viraram e correram na direção do presidente da Bionosoft.

— AHHHHHH! — O Jevvrey tentou fugir, mas não conseguiu dar nem dois passos antes que os roedores cheios de areia cobrissem o corpo dele da cabeça até o dedão do pé. Ele deixou cair a arma de plasma enquanto tentava tirar os ratos de cima dele.

— ELES ESTÃO ME MORDENDO!

Assim que o Jevvrey derrubou a arma, o senhor Gregory pulou da cadeira e foi correndo naquela direção. Ele então a agarrou, apontou para o Jevvrey e apertou o gatilho.

ZIIIIIING!

Em um segundo, Jevvrey tinha desaparecido, junto com todos os ratos. Uma telinha na Caixa-preta começou a piscar e mostrou o Jevvrey correndo na escuridão, com um bando de roedores atrás dele. Tudo acabou em menos de cinco segundos, e eu fiquei olhando tudo aquilo assustado.

— Vamos para o porão — o senhor Gregory disse enquanto corria na direção do computador que estava na mesa dele. — O tempo está curto.

— O que acabou de... — Eric ainda estava parado na frente da tela, mais confuso do que nunca. Ele tentou colocar a mão dentro do jogo, mas só conseguiu bater na tela. Depois tocou no próprio corpo. — Eu estou...

— Sim, você voltou — o senhor Gregory disse sem tirar os olhos do computador.

— Mas o que aconteceu? Não entendi nada.

O senhor Gregory estava digitando feito um louco.

— Ontem descobri que uma pessoa que já está dentro de um jogo pode usar as telas como portais para outros jogos. Mas o mais importante é que os portais só têm uma direção. Então, se você for até a metade do caminho e voltar, você estraga tudo e volta para a vida real. Teoricamente, é o jeito certo para a gente resgatar o Mark.

— Teoricamente? — perguntei.

— Sim, teoricamente. E, aliás, imagens projetadas teoricamente também funcionam do mesmo jeito e é por isso que eu precisava que você saísse da sala de controle naquela hora.

— Então você não estava tentando colocar a gente na Caixa-preta? — o Eric perguntou.

O senhor Gregory balançou a cabeça negando.

— Eu não tinha ideia de que a Bionosoft estava fazendo testes com pessoas inocentes sem autorização. Assim que eu descobri o que aconteceu, senti que era minha responsabilidade arrumar as coisas, não importava como.

Olhei para baixo e vi o celular do Jevvrey aos meus pés, eu o peguei e liguei. Ah, não. Não, não, não. Por favor, diga que não.

— Sr. Gregory?

O senhor Gregory não estava prestando atenção.

— Estou invadindo o sistema de segurança. Lá vamos nós.

— Sr. Gregory?

— Abrindo as portas, desativando as travas, desligando as câmeras...

— Sr. Gregory, acho que o senhor tem que ver isso aqui...

— Agora vou ter que colocar vocês dois no *Solte as feras* mais uma vez, só para fazer vocês chegarem em segurança ao porão.

— Sr. Gregory! — eu gritei, com lágrimas nos olhos. Ele finalmente olhou para mim, e eu mostrei o vídeo ao vivo do Mark no celular do Jevvrey. Estava tudo preto. — Ele sumiu.

CAPÍTULO 18

Dessa vez é de verdade

— A gente tem que descer agora — o senhor Gregory disse.

O Eric parecia triste e confuso.

— Mas ele...

— Talvez sim, talvez não — o senhor Gregory interrompeu. Ele vasculhou a sala até encontrar outras duas armas de plasma e agarrou todas as latas verdes-fluorescentes que conseguia carregar.

— Toma aqui! — ele disse, entregando as armas para mim e para o Eric. — Se vocês virem algum segurança, mandem direto para a Caixa-preta.

— Então é tipo um videogame na vida real? — o Eric perguntou, tentando disfarçar a empolgação.

— A diferença é que aqui a gente pode morrer de verdade — eu lembrei.

O senhor Gregory colocou a mochila nas costas e carregou a arma de plasma.

— Certo, então, tenham cuidado — ele disse, abrindo a porta e dando de cara com dois seguranças.

— Opa! — um deles disse, se atrapalhando todo com a arma.

ZIIIIIIIING!

O Eric detonou ele.

O outro segurança tentou pegar o rádio, se esconder e achar cobertura, tudo ao mesmo tempo.

ZIIIIIIIING!

Errei a mira.

— Precisamos de reforços no quarto andar — ele disse. — Os dois...

ZIIIIIIIING!

O senhor Gregory acabou com ele.

— Vamos, se mexam! — ele gritou.

Corremos até as escadas que ficavam do lado contrário ao corredor.

— O que vocês acham de pegar o elevador? — Eric perguntou, esbaforido enquanto nos aproximávamos da escada. O senhor Gregory fez que não com a cabeça, colocou a mão na maçaneta que abria a porta da escada e mudou de ideia rapidinho quando olhou pela janela.

— Acho uma ótima ideia — o senhor Gregory disse, calçando a porta de saída.

Espiei pela janela e vi cinco seguranças correndo na nossa direção, aí eu disparei até o outro lado do corredor e apertei o botão do elevador.

BAM! BAM!

Os seguranças se jogavam contra a porta quando o elevador chegou.

DING!

Entramos correndo, apertamos "B3" para chegar ao porão mais baixo e ficamos pressionando o botão "fechar a porta" sem parar.

CLIC CLIC CLIC CLIC CLIC CLIC CLIC CLIC.

As portas não fechavam.

— POR QUE COLOCAM ESSES BOTÕES NOS ELEVADORES SE ELES NÃO FUNCIONAM? — eu gritei.

CLIC CLIC CLIC CLIC CLIC CLIC CLIC CLIC BAM!

Os seguranças conseguiram arrebentar a porta no momento em que o elevador começou a fechar. Um deles tentou atirar.

CREC!

A bala acertou o fundo do elevador, entre mim e o Eric. A porta fechou antes que alguém mais disparasse, mas o nosso sossego durou pouco, porque dois andares abaixo...

DING!

... as portas abriram e vimos dois seguranças com as armas apontadas.

ZIIIIIIIING! ZIIIIIIIING!

Mandamos eles para a prisão do jogo e a porta fechou de novo. Descemos mais um andar e...

DING!

... começou tudo de novo.

— Será que não dá pra resolver isso, senhor Gregory? — perguntei.

— Bom... — disse o senhor Gregory, tirando um computador da mochila. — Tem uma coisa que eu posso...

DING!

Dessa vez nós fomos para a lateral do elevador antes de a porta abrir. Três seguranças entraram correndo sem ver que estávamos encostados na parede.

ZIIIIIIIING!

O Eric acertou um cara.

ZIIIIIIIING!

O senhor Gregory acertou outro cara.

ZIIIIIIIING!

Eu errei a mira. De novo!

— É VOCÊ — ele gritou.

Era o segurança barbudo com cara de pirata que eu tinha visto mais cedo. Dessa vez, além do tampão no olho, ele também estava com uma atadura cobrindo a cabeça por causa do acidente com a arma de choque. Parece que ele tinha aprendido a lição, porque não estava mais brincando com aquelas armas de choque. Mas a arma dele estava vazia.

CREC!

Sem tempo para recarregar a arma de plasma, o senhor Gregory jogou a própria arma na cabeça do segurança e acertou em cheio a cara dele, que perdeu o equilíbrio, bateu a cabeça na grade do elevador e desmaiou na hora.

— Certo. — O senhor Gregory tirou o computador da mochila como se nada tivesse acontecido. — Vamos tentar resolver o problema deste elevador.

Clique pra lá, clique pra cá, o alto-falante do elevador disparou um alarme sonoro.

— Acho que isso é suficiente — ele disse.

E conseguimos chegar até o B3 sem que as portas abrissem de novo.

— Vamos pegar o Mark! — o Eric gritou quando paramos.

— Espera aí — o senhor Gregory disse. — Deixa eu olhar uma coisa aqui primeiro. — Ele ficou digitando alguma coisa no computador por um tempo e suspirou. Então virou a tela pra gente conseguir ver. Era a câmera de segurança do andar que mostrava um corredor cheio de seguranças. — Eles perceberam pra onde a gente estava indo.

— A gente pode detonar eles todos, não pode?! — o Eric perguntou.

O senhor Gregory olhou para as três latas de plasma que tinham sobrado.

— Pior que não.

— Bom, então a gente pode passar invisível por eles, usando o *Solte as feras*!

O senhor Gregory apontou para um dos seguranças, que estava usando um daqueles óculos especiais.

— Sem chance. Além disso, se eles mandaram todos esses seguranças, também devem ter mandado um bando. A gente estaria frito em dois segundos.

— Bom, a gente pode... — O Eric tentava criar um plano que pudesse funcionar.

— Não tem o que fazer... — O senhor Gregory deu um soco na parede.

Olhei por todo o elevador, que tinha se tornado a nossa própria Caixa-preta. Senhor Gregory estava com a cabeça afundada entre as mãos, Eric tentava escalar pelo forro do elevador, e ainda tinha o segurança pirata, que acordaria a qualquer momento. Continuei olhando para o pirata. Espera. Talvez tivesse um jeito de sair dali.

CAPÍTULO 19

Ferver a CPU

Dez minutos depois, a porta do elevador abriu e entramos no andar B3.

— Acho que esse seu plano não vai funcionar — o Eric sussurrou.

Lá no elevador, eu me lembrei do tempo que passei dentro do celular do Stu. E se nós três não precisássemos passar escondidos pelos guardas? E se a gente tivesse que fazer só uma pessoa passar pela porta? Expliquei a minha ideia para o senhor Gregory e para o Eric. Se o senhor Gregory capturasse eu e o Eric com o celular e colocasse as roupas do nosso amigo pirata, talvez ele conseguisse fazer a gente chegar até o Mark.

Começamos a fantasiar o senhor Gregory. Com aquele uniforme, os óculos do *Solte as feras* e escondendo o cabelo espetado com as bandagens, ele podia se passar por qualquer um. Depois que terminamos, o senhor Gregory respirou fundo, mandou o segurança inconsciente para a Caixa-preta e usou as últimas duas latas de plasma para nos mandar para o *Solte as feras*. Depois ele nos capturou, se ajeitou e apertou o botão pra abrir a porta.

DING!

Eu e o Eric seguramos a respiração enquanto ouvíamos os pés do senhor Gregory marcharem pesado no chão. Finalmente, nós paramos.

— Ninguém pode entrar nesta sala — uma voz disse.

— É mesmo? — o senhor Gregory respondeu, tentando parecer bravo.

— Sim, é mesmo.

Sem perder o jeito, o senhor Gregory respondeu com a frase mais absurda que eu já ouvi.

— Se ninguém pode entrar, quem é que vai ferver a CPU? Analisar o sistema háptico? E talvez você possa me dizer como é que a matriz neural vai se gerar sozinha!?

— Senhor, eu preciso que você…

— VOCÊ VAI TRANSCODIFICAR A DHCP? VAI?

— Olha… — o segurança tentou falar antes de ser interrompido de novo.

— Será que eu vou ter que voltar até a sala do Jevvrey Delfino, o cara que paga o seu salário, pra contar que a torre de servidores não vai ser indexada hoje porque tinha alguém brincando de porteiro no porão? Na verdade, que tal você mesmo falar isso para ele? — O senhor Gregory tirou o celular do bolso derrubando nós dois lá dentro.

— O que ele está fazendo? — o Eric gritou.

Nós nos agachamos em silêncio, esperando que o segurança mudasse de ideia.

— Não será necessário — ele resmungou. — Pode passar.

Ouvimos uma porta sendo arrastada, o zunido de um milhão de computadores funcionando ao mesmo tempo e, finalmente, o *CLIQUE* da porta do cofre, o que significava que estávamos fechados lá dentro.

Como já estávamos seguros, o senhor Gregory nos teletransportou para fora do celular, derrubando a gente no chão.

— Caramba! — eu disse quando percebi onde estávamos.

— Caramba mesmo! — o Eric disse.

Eu e o Eric fomos parar na maior sala que a gente já tinha visto. Caixas-pretas gigantes, como aquela que tinha no laboratório do senhor Gregory, a perder de vista. E a sala tinha um horizonte, como se fosse o mar!

Ela também era fria, tinha até uma névoa congelante cobrindo todo o chão.

— Cadê o Mark? — o Eric perguntou, tremendo de frio.

O senhor Gregory não respondeu porque estava no telefone.

— Via Futuro, 115 — ele disse para alguém. — Estão mantendo crianças como reféns no porão. Sim, eu sei que é uma empresa de videogames. Confiem em mim! — Ele desligou. — A polícia está vindo.

— Espera, não devíamos ter ligado para a polícia desde o começo?

— Não dava para arriscar deixar a Bionosoft cortar a energia antes de entrarmos aqui — o senhor Gregory disse.

— Certo, então onde é que está o Mark? — eu perguntei. — Quer dizer, ahm, você sabe que ele desapareceu, não sabe?

O senhor Gregory pegou o computador e começou a andar.

— Vamos resolver isso na hora certa. — Andamos em silêncio por uma distância equivalente a um campo de futebol, até que o senhor Gregory parou na frente de uma torre preta enorme que parecia igualzinha a todas as outras. — É essa aqui — ele disse.

O senhor Gregory conectou a torre ao *computador* com um cabo e começou a digitar. Luzes começaram a piscar na Caixa-preta e uma tela do lado da torre se acendeu.

— Olhem ali — o senhor Gregory indicou a tela.

Fui até lá e coloquei a minha cabeça dentro da tela.

— Mark? — Tudo que eu vi foi escuridão e silêncio.

O senhor Gregory continuou digitando.

— Tente de novo.

— Mark? Você está me ouvindo? — Coloquei minha cabeça mais para dentro. — MARK! — A minha voz ecoou.

O senhor Gregory voltou a trabalhar no *computador*.

— Estou atrasando o relógio do computador, mas isso pode causar algum problema, então todo cuidado é pouco.

A Caixa-preta começou a fazer uns barulhos mais altos, coloquei minha mão em cima dela, mas tirei rapidamente, a torre estava quente feito fogo.

— Vai logo! — o senhor Gregory berrou. — Está ficando instável!

— Mark! MARK! — O meu rosto ficou quente, como se eu estivesse perto de uma fogueira, mas eu não podia desistir. — MAAAAAAARK! — Opa, acho que vi alguma coisa. Não era uma pessoa, talvez só um feixe de luz. — MAAAAARGRGGRGRGR-GRGR! — a minha voz começou a falhar, como se eu estivesse perdendo a conexão da internet.

— Jesse! JEEEEESSSSSssssshhhhhhhh... — o senhor Gregory gritou alguma coisa, mas ele também estava falhando e desaparecendo. Começou a crescer alguma coisa naquele feixe de luz. Um dedo? Não, dois dedos. Três dedos!

Segundos depois, uma mão inteirinha apareceu na minha frente, uma mão velha, enrugada, tão bonita. E eu me estiquei para alcançá-la.

Foi aí que todo o meu corpo foi sugado para dentro da máquina.

CAPÍTULO 20

Reação em cadeia

Eu fui caindo no escuro, como se estivesse pulando de paraquedas, enquanto a mão do Mark ficava me chamando, a poucos centímetros do meu rosto. Sempre que eu tentava alcançar a mão, eu começava a girar mais rápido e descontrolado.

PÁ!

Eu parei no ar, de cabeça para baixo; uma mão tinha agarrado o meu pé, uma mão que pertencia ao meu melhor amigo, o Eric, pelo menos é o que eu acho. Não consegui identificar porque o rosto dele estava todo deformado e a boca e o nariz não paravam de ficar se mexendo. Eu virei para trás e segurei a mão do Mark, que começou a desaparecer de novo.

— EU PRECISO IR UM POUQUINHO MAIS PRA FRENTE! — tentei gritar para o Eric. Infelizmente, acabou saindo uma coisa assim: "PRRCCCCZZZZZ AAAA PPPPPPPPPKKKKKKNUUUU FFFFFFFRRRTTTTT!"

Ou o Eric entendeu o que eu estava dizendo, ou estava perdendo a força, porque escorreguei o suficiente para alcançar a mão do Mark. Assim que eu toquei aquela mão, senti uma onda de calor pelo meu corpo e a segurei com todas as minhas forças.

— MMMMPPPPPPXXXXXXX! — eu gritei. (Era para ser "Me puxa!".)

Nós mexemos uns centímetros. PPPPPXXXX MSSSSSSSS! (Puxa mais!)

O Eric estava perdendo a força mesmo.

E a mão do Mark começou a sumir cada vez mais rápido, foi escorregando, até que me vi segurando só um dos dedos dele. Então, um segundo antes de perder totalmente o contato, senti um último impulso e apertei o dedo com a maior força que eu já tinha feito na vida, enquanto eu pulava para fora do computador.

Caí no chão fazendo um barulhão e abri os olhos. A Caixa-preta estava na minha frente, com as luzes piscando e as ventoinhas zunindo como se ela estivesse pronta para levantar voo para o espaço. Apareceu então o rosto do senhor Gregory.

— Mark? — ele falou tirando os óculos. — É você?

Eu me sentei e olhei para o lado. Lá estava o Mark, com todos os dedos do pé e da mão e nenhuma ruga no rosto.

— O quê... o que aconteceu? — ele perguntou.

— Você voltou! — eu gritei.

Mark olhou em volta: a sala de servidores, com as torres pretas gigantes e a névoa assustadora, provavelmente pareciam mais estranhas do que o mundo do qual ele tinha acabado de sair.

— Voltei pra onde? — ele perguntou se levantando. — Olha! — Ele dobrou as pernas de novo. — Meu joelho não está estralando! Por que o meu joelho não está estralando?

— Porque você tem doze anos! — o Eric gritou.

— Como assim eu tenho doze anos? — o Mark perguntou, sentando-se de novo. — Você tá me dizendo que... — a voz dele falhou e ele começou a tremer.

O senhor Gregory tirou uma foto do Mark e virou o celular para mostrar para ele.

O Mark ficou olhando pra foto por alguns segundos, depois encostou na própria bochecha.

— Doze anos — ele sussurrou. — Eu tenho doze anos. — Ele se levantou, mexeu o pé algumas vezes e depois começou a pular. — Doze anos! — Ele correu em volta da Caixa-preta e depois pulou em cima das costas do Eric. — Eu tenho doze anos, eu tenho doze anos, eu tenho doze anos!

O Eric caiu no chão, ele não é muito bom nessa coisa de brincar de cavalinho.

— Não acredito que vocês voltaram para me buscar! — o Mark disse.

— Isso é tudo coisa do senhor Gregory! — eu disse.

— É, eu virei superforte, o Jesse virou o rei do gelo, e tinha um monte de bolas de pelo, e você tinha que ver a arma de plasma! — o Eric gritou.

O Mark sorriu e concordou com a cabeça, mesmo sem entender uma palavra. Apareceu então uma lágrima nos olhos dele.

— E os meus pais? — ele perguntou.

O senhor Gregory colocou a mão no ombro do Mark e fez um gesto com a cabeça.

— Está pronto para vê-los?

A resposta do Mark foi só um abraço no senhor Gregory.

Ouvimos uma agitação no corredor.

— Acho que é a polícia! — o Eric gritou.

Ele foi andando até a porta do cofre.

— Vai voltar a jogar videogame? — perguntei para o Mark enquanto andávamos.

— Sem chance! — ele gritou. — E vocês?

— Só no celular — o Eric falou.

O Mark olhou torto para ele.

— Qual é a diferença? — Antes que o Eric pudesse responder, a Caixa-preta começou a soltar um grito agudo.

Eu olhei pra ela.

— Senhor Gregory, o que está acontecendo?

— Não deve ser nada, só uma instabilidade ou algo assim, mas só não dá para...

O senhor Gregory parou no meio da frase quando viu que a caixa perto do Mark também começou a piscar umas luzes vermelhas.

— Essa não.

— Essa não o quê?

O senhor Gregory correu de volta para o computador. A segunda caixa começou a fazer barulhos cada vez mais altos até que a tela acendeu e uma coisa foi cuspida pra fora dela. Era um garoto.

Nós todos ficamos olhando de boca aberta enquanto o garoto apalpava o rosto e o corpo.

— Quantos anos eu tenho? — ele perguntou. — Quantos anos eu tenho?!?

Nós nos olhamos. Naquele momento, outras duas caixas se acenderam.

— Senhor Gregory, o que está acontecendo?

Aquelas duas caixas começaram a gritar.

— Acho que acabamos de causar uma reação em cadeia — ele disse, sem tirar os olhos do computador.

Outros dois garotos pularam pra fora das caixas barulhentas e outras quatro caixas se acenderam.

— Isso é bom, não é? — o Eric perguntou.

Outras oito caixas começaram a fazer barulho e o som ficou tão alto que dava para sentir a vibração no nosso corpo.

O senhor Gregory olhou para cima, ele estava muito branco.

— Tudo que a Bionosoft já colocou em algum jogo vai sair — ele disse.

Alguma coisa começou a sair da Caixa-preta que estava atrás do senhor Gregory. Uma coisa grande.

— Tudo? — eu perguntei. — O que isso significa?

ZAP!

Respondendo a minha pergunta, a *COISA* apareceu.

De repente, uns seguranças e algumas bolas de pelo pareciam ter voltado para o nível iniciante. Se foi difícil entrar na Bionosoft, não dava nem para imaginar como a gente sobreviveria tentando sair dali.

O Eric deu um passo para trás.

— Isso é um...?

Sim. Era mesmo. Ali, na nossa frente, tão real quanto o chão em que a gente pisava, estava um louva-a-deus de dois metros e meio. A fera passou um tempo olhando pra gente, e ficou sobre as patas de trás, enquanto outros sete coleguinhas dela saíram de onde ela tinha vindo.

SOBRE OS AUTORES

DUSTIN BRADY

Dustin Brady vive em Cleveland, Ohio, com sua esposa, Deserae, seu cachorro, Nugget, e seus filhos. Ele passou boa parte da vida perdendo no *Super Smash Bros.* para seu irmão Jesse e para seu amigo Eric. Você pode descobrir os próximos projetos dele em dustinbradybooks.com ou mandando um e-mail para ele pelo endereço dustin@dustinbradybooks.com.

JESSE BRADY

O ilustrador e animador profissional Jesse Brady vive em Pensacola, na Flórida. Sua esposa, April, também é uma ilustradora incrível! Quando criança, Jesse adorava fazer desenhos dos seus videogames preferidos e passou muito tempo detonando o seu irmão Dustin no *Super Smash Bros.* Você pode ver alguns dos melhores trabalhos de Jesse no site www.jessebradyart.com e pode mandar um e-mail para ele pelo endereço jessebradyart@gmail.com.

EXPLORE MAIS

Se você quiser criar jogos de videogame, terá que aprender a escrever algoritmos!

Credo! "Algoritmo" parece uma palavra que só cientistas de bigodes pontudos vestindo jalecos de laboratório usam!

Por sorte, os algoritmos não são tão assustadores na vida real. Um algoritmo é um conjunto de instruções que diz pra um computador como fazer alguma coisa. Se você consegue escrever uma lista de compras, consegue escrever um algoritmo.

O segredo para criar um bom algoritmo é lembrar que computadores são burros. Tipo supermegaburros. Buuuuuuuuuurros. O erro que a maioria dos programadores iniciantes comete é acreditar que os computadores já sabem coisas que ninguém ensinou para eles.

Um bom algoritmo para uma lista de compras não incluiria só os alimentos que precisam ser comprados; incluiria tudo, desde a parte de ligar o carro até instruções sobre o trajeto e o local em que se vai fazer as compras; a localização de cada corredor e de cada item da lista; e o passo a passo para pagar a compra no caixa.

Vamos ver como funcionam os algoritmos usando duas aulas de desenho.

Na primeira, você pode testar o nosso algoritmo para desenhar um Flamezoide de Ponta-cabeça. Na segunda, você receberá o passo a passo para criar um Chupachu Cuticuti, mas deverá escrever o algoritmo para um amigo seguir.

FLAMEZOIDE DE PONTA-CABEÇA

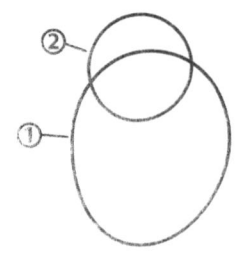

1º PASSO:

1. Desenhe uma forma oval para fazer o corpo.
2. Desenhe um pequeno círculo passando dentro da parte de cima da forma oval.

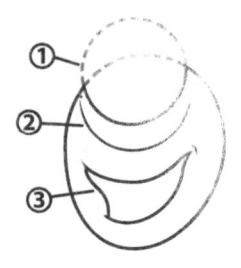

2º PASSO:

1. Apague as linhas que sobraram da parte de cima do corpo e da cabeça deixando apenas duas orelhas pontudas.
2. Desenhe mais uma curva entre as duas orelhas para colocar um detalhe na cabeça.
3. Desenhe o formato da boca.

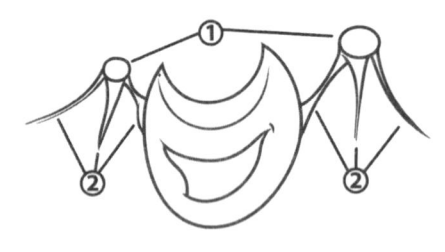

3º PASSO:

1. Desenhe dois círculos, um em cada lado do corpo.
2. Prepare-se para finalizar as asas desenhando três linhas finas conectadas aos círculos.

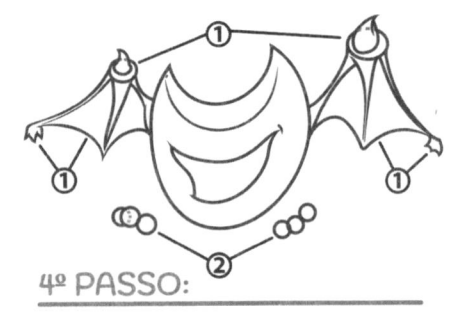

4º PASSO:

1. Acrescente um detalhe às asas desenhando chifres, garras e teias.
2. Acrescente os dedões desenhando três círculos em cada lado do corpo.

5º PASSO:

1. Finalize o pé acrescentando as pernas e as garras.

6º PASSO:

1. Desenhe dentes afiados dentro da boca.
2. Desenhe pelos embaixo da boca.

7º PASSO:

1. Desenhe pelos na parte de fora do corpo.

8º PASSO:

1. Apague todas as linhas que sobraram para deixar o seu desenho limpinho.

CHUPACHU CUTICUTI

AGORA É SUA VEZ DE CRIAR O ALGORITMO!

Passos:

1. Tire um tempo para escrever as instruções para os passos abaixo. Seja bem claro e específico.
2. Chame um amigo e entregue a ele só as instruções escritas. Ele não pode ver as imagens!
3. Diga ao seu amigo para desenhar o melhor Chupachu Cuticuti usando apenas as suas instruções.
4. Teste o seu algoritmo comparando o desenho do livro com o do seu amigo. Ficou parecido? Quais outras instruções você daria se tivesse que fazer de novo?

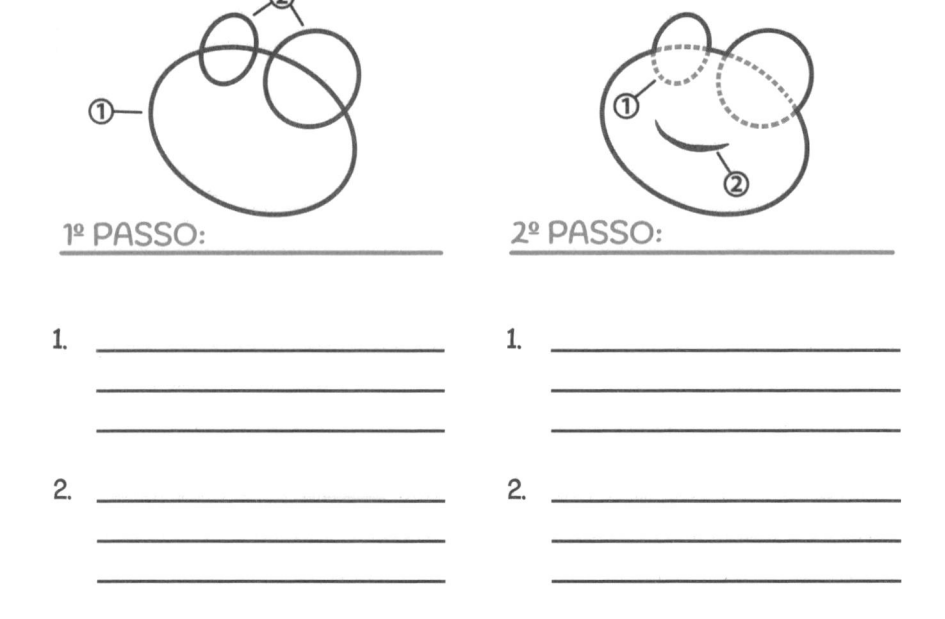

1º PASSO: _____

1. _____
   _____
   _____

2. _____
   _____
   _____

2º PASSO: _____

1. _____
   _____
   _____

2. _____
   _____
   _____

3º PASSO: _____

1. _____
   _____
   _____

4º PASSO: _____

1. _____
   _____
   _____

2. _____
   _____
   _____

5º PASSO: _____

1. _____
   _____
   _____

ASSINE NOSSA NEWSLETTER E RECEBA INFORMAÇÕES DE TODOS OS LANÇAMENTOS

www.faroeditorial.com.br

ESTA OBRA FOI IMPRESSA
EM JANEIRO DE 2022